Becky Citra

Nur dieser eine Sommer ...

Becky Citra

Nur dieser eine Sommer ...

Aus dem Englischen von Fiona Weisz

KOSMOS

Umschlaggestaltung: Henry's Lodge GmbH Kilchberg (Schweiz),
unter Verwendung eines Fotos von © Anja Hild / Getty Images

Die Originalausgabe erschien 2011 unter dem Titel Missing bei Orca Book Publishers, Victoria (Canada).
Aus dem Englischen von Fiona Weisz

Unser gesamtes lieferbares Programm und viele weitere Informationen zu unseren Büchern, Spielen, Experimentierkästen, DVDs, Autoren und Aktivitäten findest du unter **kosmos.de**

FSC
www.fsc.org
MIX
Papier aus verantwortungsvollen Quellen
FSC® C014496

Gedruckt auf chlorfrei gebleichtem Papier

1.Auflage

ISBN 978-3-440-14633-0
Redaktion: Hannah Tannert
Produktion: Verena Schmynec
Grundlayout und Satz: DOPPELPUNKT, Stuttgart
Printed in Germany / Imprimé en Allemagne

Für meinen Bruder John

Eins

Es ist fast schon Ende Juni und ich sitze im Diner in meiner Lieblingsecke ganz hinten. Ich muss wie der größte Verlierer aller Zeiten aussehen. Nirgends kann ich nach der Schule hin, außer ins Diner, wo ich meine Hausaufgaben mache. Nicht dass mich irgendjemand sehen könnte. Oder zumindest niemand, der wichtig wäre.

„Wie läuft's mit den Hausaufgaben?", fragt Dad. Er wischt den Tisch neben meinem ab und schrubbt an einem besonders störrischen Ketchupfleck herum. Normalerweise steht er hinter dem Grill, brät Eier und Burger, aber heute ist die Bedienung wegen Kopfschmerzen früher nach Hause gegangen. Also hat Dads Chef Sid den Grill übernommen und Dad nach vorne geschickt. Das Diner ist fast ganz leer, bis auf eine Frau mit einem kleinen Kind, die an einem Tisch am Fenster Eis essen.

Dad trödelt herum, um sich unterhalten zu können. „Willst du 'ne Cola?"

„Nein, danke."

„Wie war's in der Schule?"

„Super", lüge ich.

Aber Dad lässt sich nicht hinters Licht führen. „Hab ein

bisschen Geduld", sagt er. „Du kannst nicht erwarten, sofort eine Menge Freunde zu haben."

Ich beuge mich tiefer über mein Buch, damit ich ihn nicht weiter anlügen muss. Dad hat keine Ahnung! Es braucht Zeit, um Freunde zu gewinnen. Und die haben wir nicht. Sids eigentlicher Koch kommt nächste Woche zurück und dann ist Dad offiziell arbeitslos. Wieder mal. Seit Wochen durchforstet er die Zeitung nach Stellenanzeigen und reicht Bewerbungen in der ganzen Stadt ein. Aber hier gibt's keinen Job für ihn. Also werden wir wieder weiterziehen.

Seit wann interessiert es Dad überhaupt, wie es in der Schule läuft?

Die Matheaufgaben verschwimmen vor meinen Augen, sodass ich blinzeln muss. Den ganzen Tag fühle ich mich schon so. Zerbrechlich.

„Hey, Dusty, komm her!", ruft Sid. An Dads Kiefer zuckt ein Muskel. Ich schätze, er hat auch keinen besonders guten Tag heute. Er lässt sich Zeit, in die Küche zurückzugehen. Und ich versuche, mich auf die nächste Matheaufgabe zu konzentrieren.

Jetzt ist mir endgültig zum Heulen zumute. Ich muss noch eine ganze Seite mit diesen dämlichen Aufgaben lösen. Sehnsüchtig denke ich an das Buch, das ich in der Schulbücherei ausgeliehen habe. *Der Pferdeflüsterer.* Ich habe den Film schon dreimal gesehen, aber das Buch noch nie gelesen. Ich wusste nicht mal, dass es dazu ein Buch gibt, aber es war das Highlight meiner Woche, als ich es auf dem Wagen mit den Büchern entdeckte, die wieder ins Regal geräumt werden mussten. Es ist richtig dick und ich schätze, ich sollte es mir für die Schule aufheben. Es würde sicher eine Menge einsamer Mittagspausen füllen.

Ich konzentriere mich wieder auf das Mathebuch. Wer zum Teufel denkt sich diese Aufgaben nur aus? Was haben sie mit dem wahren Leben zu tun?

Eine Stunde später habe ich so viele Aufgaben gelöst, wie ich konnte – also etwas weniger als die Hälfte. Ich hänge bereits in allen Fächern hinterher und mein schlimmster Albtraum ist, die Achte nicht zu schaffen. Ich habe mich immer für eine durchschnittlich begabte Schülerin gehalten, aber an dieser Schule sind die Lehrer viel anspruchsvoller als an der letzten.

Als wir noch im Fraser Valley gelebt haben, bin ich vom Kindergarten bis zur Vierten in dieselbe Schule gegangen. Das war schön. Ich hatte drei beste Freundinnen. Aber nachdem all der Scheiß passiert war, wollte Dad nichts mehr mit unserem alten Leben zu tun haben. Wir sind nordwärts gezogen, von einer Kleinstadt im Cariboo-Bezirk in die nächste. Von da an wurde alles immer schlimmer. Keiner von Dads Jobs ist von Dauer. Ich würde gern in unser altes Leben zurück, aber ich weiß, dass Dad keine zehn Pferde zurückbringen würden. Ich vermisse meine Freunde von damals immer noch, obwohl sie mich bestimmt schon längst vergessen haben. Und ich vermisse Fraser Valley.

Abgesehen von Sid, Dad und mir ist das Diner jetzt leer. Dad lässt sich mit einem Becher Kaffee in der Hand auf den Stuhl mir gegenüber fallen. Sein Gesicht ist fahl. Sid erlaubt ihm zehn Minuten Pause, und sobald Dad mal eine Millisekunde länger braucht, fängt Sid an rumzumotzen, dass Zeit Geld sei und so. Das Diner schließt bald, also ist es Dads letzte Pause. Danach wird er die Küche sauber machen und wir können endlich nach Hause gehen.

Die Tür wird geöffnet und ein Mann kommt herein. Er ist groß, hat ein rotes Gesicht und trägt nagelneue Jeans, Stiefel und einen Cowboyhut, der nicht so ganz passt. Dad sitzt mit dem Rücken zu ihm und dreht sich nicht mal um. Ein Kunde um diese Uhrzeit heißt, dass das Diner erst später schließt. Sid schlägt nie eine Gelegenheit aus, Umsatz zu machen.

Aber heute will Sid auch nach Hause. Die Klimaanlage ist kaputt und er hat zwei Schweißflecken unter den Armen. „Tut mir leid, wir schließen gerade", sagt er.

Der Mann lächelt und sagt: „Ich will gar nichts essen. Ich mache nur die Runde, um Bescheid zu sagen, dass ich jemanden für meine Ranch suche. Hier kommen doch bestimmt jeden Tag viele Leute rein. Vielleicht kennen Sie jemanden, der einen Job sucht?"

Jetzt hört Dad doch zu, das sehe ich ihm an, obwohl er so tut, als würde er nur seinen Kaffee trinken. Am liebsten würde ich: „Ja! Hier drüben!", rufen. Ich kann's gar nicht glauben. Irgendein Typ kommt hier einfach reingeschneit und hat einen Job anzubieten. Mich interessiert nicht mal, was das für ein Job ist. Ich bin sicher, Dad kriegt das hin. Und vielleicht könnten wir dann diesen einen Sommer einmal in ein und derselben Stadt verbringen.

Sid deutet mit dem Kopf in unsere Richtung. „Vielleicht fragen Sie mal Dusty da drüben."

Der Mann zögert kurz und kommt dann zu unserem Tisch. Er streckt Dad die Hand hin und sagt mit kräftiger Stimme: „Stan Tulworth. Aber alle nennen mich Tully."

„Dusty Taylor", erwidert Dad und schüttelt Tullys Hand. „Und das ist meine Tochter Thea", ergänzt er.

„Thea. Was für ein schöner Name. Kurzform von Theadora?"

Ich nicke ein bisschen verlegen. Die meisten haben noch nie etwas von dem Namen Theadora gehört. Hoffentlich erzählt Tully was über den Job. Ich versuche, ganz cool zu bleiben, aber ich kann mein Herz bis zum Hals schlagen hören. Ich mache mir jetzt schon große Hoffnungen, obwohl ich es mittlerweile eigentlich besser wissen sollte.

„Schön, euch beide kennenzulernen", sagt Tully. „Habt ihr kurz Zeit für mich?"

Dad zuckt mit den Schultern und Tully, der das als Ja deutet, lässt sich auf dem Stuhl neben mir nieder. Er legt seine Hände auf die Tischplatte. An einem Finger trägt er einen großen silbernen Ring mit einem klobigen schwarzen Stein. „Ich habe die Lakeview-Ranch gekauft", beginnt er ohne Umschweife.

„Ist das so“, gibt Dad etwas abweisend zurück.

„Dann haben Sie also von der Ranch gehört?“, will Tully wissen.

Dad schüttelt den Kopf. „Tut mir leid, wir sind selbst noch nicht lange in der Stadt.“

Tully atmet hörbar aus. „Ist ein riesiges Anwesen oben am Gumboot Lake, etwa zwanzig Kilometer außerhalb der Stadt. Eine Ferien-Ranch. Es gibt zehn Blockhütten entlang des Seeufers und eine Lodge. Der Vorbesitzer hat vor etwa drei Jahren alle Pferde verkauft und die Ranch dicht gemacht. Hat einen Verwalter eingesetzt, solange sie zum Verkauf stand.“ Tully strahlt. „Und dann habe ich sie gekauft, im April.“

Dad nimmt einen Schluck Kaffee.

„Die Sache ist die“, erklärt Tully, „ich habe vor, wieder Gäste aufzunehmen und Quarter Horses zu züchten. Erstklassige Tiere.“

„Schon mal ’ne Ranch geführt?“, fragt Dad.

„Nein“, gibt Tully zu. „Aber ich mag Herausforderungen.“

„Aha“, erwidert Dad.

„Mit den Pferden lasse ich mir bis nächsten Sommer Zeit“, meint Tully. „Dieses Jahr will ich erst mal alles wieder in Schuss bringen. Die meisten Blockhütten sind ziemlich heruntergekommen. Ich suche jemanden, der was von Tischlerei versteht. Ich will mindestens drei der Hütten entkernen und wieder schön herrichten.“

Normalerweise halte ich Dad und mich nicht für vom

Glück verfolgt, aber heute scheint es eindeutig auf unserer Seite zu sein. Dad kann richtig gut Sachen bauen und das macht er auch tausendmal lieber als Hamburger braten. Ich atme hörbar aus.

„Dad hat schon mal ein ganzes Haus gebaut", stoße ich hervor. Und das stimmt. Es hat acht Monate gedauert. So lange war ich nicht mehr an einem Stück an einer Schule, seit ich neun war.

„Ach was?", meint Tully erstaunt.

Aber Dad brummt: „Hm, lang her ..."

Ich weiß sofort, was in ihm vorgeht: Es sind die Pferde. Seit Mums Unfall vor vier Jahren kann Dad nicht einmal mehr an Pferde denken. Ich habe keine Ahnung, wie er einfach so einen Teil unseres Lebens auslöschen kann, aber er kann es. Immer, wenn ich auch nur Pferde erwähne, wechselt er das Thema. Ein Kloß schwillt in meinem Hals an.

Tully wartet und Dad sagt zögerlich: „Ich weiß nicht ..."

Schließlich zieht Tully seine Brieftasche hervor, öffnet sie und nimmt eine Visitenkarte heraus. Er legt sie auf den Tisch. „Ich geb Ihnen meine Karte. Ich bin das ganze nächste Wochenende draußen auf der Ranch. Kommen Sie einfach vorbei, dann reden wir über alles."

Tully steht auf, schüttelt Dad noch mal die Hand und schon ist er verschwunden. Er kennt Dad überhaupt nicht, hat ihm aber trotzdem gerade mehr oder weniger einen Job angeboten. Ich versuche, das zu checken. Wenn ich religiös wäre, würde ich Tully vielleicht für eine Art

Schutzengel halten. Aber das bin ich nicht, also weiß ich nicht, was ich davon halten soll.

Dad geht zurück in die Küche und lässt die Karte unangetastet auf dem Tisch liegen. Ich schaue sie mir eine Weile lang an. *Lakeview-Ferienranch*, Tullys Name, Telefonnummer und E-Mail-Adresse sind in schwarzen Lettern draufgedruckt. Über einem Bild von einem Pferd, das auf einer Wiese galoppiert.

Der blöde Kloß in meinem Hals schwillt weiter an. Ich nehme die Karte und stecke sie in die Prospekthülle ganz vorne in meinem Ordner.

Zwei

Es ist Freitag und ich habe die ganze Woche darauf gewartet, dass Dad mir endlich sagt, ob wir wegen des Jobangebots zu Tully rausfahren. Dad muss Samstag und Sonntag arbeiten – seine letzten beiden Tage bei Sid –, aber nur bis fünf. Also hätten wir genug Zeit, um der Ranch einen Besuch abzustatten.

Bis der Nachmittagsunterricht anfängt, bleibe ich in der Schulbibliothek und lese den *Pferdeflüsterer*. Ich kann das Buch kaum aus der Hand legen, so großartig ist es. Zum ersten Mal, seit ich hier an der Schule bin, wünsche ich mir, dass die Mittagspause länger als eine Dreiviertelstunde dauert.

Ich verkrieche mich immer ganz hinten in der Bücherei, weitab von der Fensterreihe, die zum Schulkorridor hinausgeht. Ich will von niemandem gesehen werden, nicht dass die noch denken, ich hätte niemanden zum Abhängen. Seit zwei Monaten bin ich an dieser Schule und die Mittagspause ist definitiv der schlimmste Teil des Tages.

Während des Unterrichts kann ich mich gut verstellen. Ich muss nur ein Buch öffnen und meine Notizen oder

Hausaufgaben noch mal abschreiben, um beschäftigt zu wirken. Aber in der Mittagspause schwärmen alle in die Gänge aus. Viele gehen in die Stadt in einen Burger-Laden. Ich wünschte, ich hätte jemanden, mit dem ich gehen könnte, aber keiner meiner Mitschüler hat mich bisher angesprochen. Kein einziger. Als ob ich unsichtbar wäre oder so. Vielleicht hat mir auch irgendein Witzbold am ersten Schultag so einen blöden Zettel auf den Rücken geklebt und ich hab's nicht mitgekriegt. *Tritt mir in den Arsch* oder *Hoch ansteckend* oder *Sprich mich nicht an.*

Ich bin eine gute Beobachterin und schon nach wenigen Wochen an dieser Schule hatte ich raus, wer zu welcher Clique gehört. Ist ja auch keine große Schule, da erkennt man unweigerlich bestimmte Typen wieder.

Da ist die Clique mit den angesagten Leuten und ich denke, ich weiß ziemlich genau, wer alles dazugehört. Das sind die, die auf den Gängen den meisten Lärm machen. Selbstbewusst. Selbstzufrieden. Und dann sind da noch die, die in jeder Pause abhauen, um außerhalb des Schulgeländes zu rauchen. Und natürlich die Sportskanonen, die in allen Schulmannschaften sind. Tja, und dann sind da noch die, die sich zusammentun, bloß um an der Schule zu überleben. Genau so war das auch an meiner letzten Schule. Dieselben Cliquen, bloß mit anderen Gesichtern.

Na ja, nicht ganz. An dieser Schule gibt es eine Clique, wie sie mir noch nirgends begegnet ist. Neulich bin ich an denen vorbeigekommen, kurz bevor der Unterricht begann. Ungefähr ein Dutzend Schüler standen da im Kreis und hielten sich an den Händen. Ich habe mich bemüht, sie nicht anzustarren, aber einer der Jungs hat mich direkt angeschaut. Er hat mir zugelächelt und ich habe weggesehen. Trotzdem bin ich vor Neugier fast geplatzt. Was machten die da? In dem Moment kamen ein paar von den Rauchern vorbei und einer von denen rief irgendwas wie: „Hey, Gott! Ich wurde erlööööööst!“ Da erst habe ich es kapiert: Das sind irgendwelche Religionsfanatiker oder so.

Es klingelt und mit einem Seufzen schlage ich das Buch zu. Jetzt Englisch, eine Doppelstunde Physik und dann – Freiheit.

•

Der Pick-up lässt sich nicht starten und ich bekomme Panik, denke, dass am Ende doch wieder alles schiefgeht. Immerhin hab ich Dad schon so weit, wenigstens noch mal mit Tully zu reden. Heute hat Dad die Kochschürze endgültig an den Nagel gehängt, um Punkt fünf Uhr, und wir sind ins beste Restaurant der Stadt gegangen, um das zu feiern. Ich hatte schon Angst, dass wir zu viel Geld ausgeben. Immerhin hat Dad den Job noch nicht. Aber er war gut drauf und meinte, ich solle bestellen, was immer ich wolle. Ich glaube, bis dahin war mir gar nicht aufgefallen, *wie* sehr er es gehasst hat, bei Sid zu arbeiten. Also habe ich beschlossen, dieses Festmahl als gutes Zeichen zu werten und mir die Lasagne und den

Schoko-Karamell-Eisbecher guten Gewissens schmecken zu lassen.

Und jetzt springt dieser beschissene Pick-up einfach nicht an, dabei ist es schon fast sieben. Dad ist halb unter der offenen Motorhaube verschwunden und fummelt an irgendwas rum. Die Sorge nagt an mir wie ein Hund an einem Knochen. Tully wird sicher denken, dass wir nicht mehr kommen werden. Was, wenn er den Job jetzt jemand anderem gibt? Wie viele andere Leute hat er in der Stadt wohl noch angesprochen? Was, wenn gerade in diesem Augenblick irgendein anderer Typ mit so einem blöden Zimmermannsdiplom in der Tasche bei der Lakeview-Ranch vorfährt?

„Versuch noch mal, den Motor anzulassen, Thea", sagt Dad. Ich klettere auf den Fahrersitz und drehe den Schlüssel im Zündschloss um. Ein Tropfen Schweiß rinnt mir an der Wirbelsäule herunter. Endlich, der Motor heult auf. Dad lässt die Motorhaube zu fallen und ich rutsche auf den Beifahrersitz rüber, während er in den Wagen steigt.

Auf dem Weg zur Ranch sagt keiner von uns ein Wort. Dad ist müde und ich bin zu gespannt, wie alles ausgehen wird. Ungefähr zehn Kilometer außerhalb der Stadt biegen wir auf eine unbefestigte Schotterstraße ein. Unsere Stoßdämpfer sind im Arsch, deswegen fühlt es sich so an, als würden wir von einem Schlagloch ins nächste rumpeln. Ich schaue aus dem Seitenfenster, sehe Bäume, Felder und hin und wieder ein Haus vorbeifliegen. Auf einer Weide galoppiert ein Pferd einen Abhang hinauf und ich versuche, es so lange wie möglich im Auge zu behalten.

Eine Viertelstunde später fahren wir unter einem hölzernen Torbogen durch, in den die Worte *Lakeview-Ferienranch* eingebrannt sind. Als Erstes sehe ich den See, eine spiegelglatte Fläche aus smaragdgrünem Wasser, und dann ein riesiges Blockhaus, das halb versteckt in einem Kiefernhain liegt.

Dad hält in der Nähe des Hauses und stellt den Motor ab. Tully steht auf der Veranda, als ob er auf uns gewartet hätte. Er hat immer noch die neue Jeans an und die Stiefel, aber den Hut hat er abgenommen und man sieht den Abdruck des Hutbandes auf seiner Stirn. Er hat lockiges graues Haar, das wild in alle Richtungen sprießt.

Drei Hunde springen ihm vor den Füßen herum, während er zum Pick-up hinüberkommt. Er grinst breit als wir aussteigen.

„Schön, dass Sie es geschafft haben“, sagt er. „Sie werden zuerst meine Jungs hier begrüßen müssen, sonst lassen sie Ihnen keine Ruhe.“

Er stellt uns die Hunde vor. Der langbeinige schwarze mit dem grinsenden Gesichtsausdruck heißt Max, der weiß-braune Springer Spaniel ist Bob und der kleine graue Terrier heißt Tinker. Max und Tinker streichen uns schwanzwedelnd um die Beine, während sich Bob ein wenig zurückhält.

„Ruhig jetzt, genug gebellt“, sagt Tully. „Sie sind alle

drei Streuner aus dem Tierheim, aber sie kommen bestens miteinander aus. Bob ist noch etwas scheu, aber das wird schon."

Ich habe mich sofort in die drei verliebt, besonders in Bob. Er hat lange Schlappohren und Augen so sanft und braun wie geschmolzene Schokolade. Ich halte ihm die Hand hin und er kommt langsam näher und schnüffelt vorsichtig an meinen Fingern.

„Ich führe euch kurz rum, dann gehen wir rein und besprechen alles Weitere", beschließt Tully.

Er führt uns einen unbefestigten Weg am Seeufer entlang. Die Hunde kommen mit, schnuppern mit den Nasen am Boden und verschwinden auf ihrer Jagd nach Duftspuren immer wieder im Gebüsch. Der Weg windet sich zwischen Kiefern hindurch und der Boden ist von einer weichen Schicht trockener, staubiger Nadeln bedeckt. Die Blockhütten für die Gäste liegen am Weg verstreut. Sie sind alle unterschiedlich groß. Jede von ihnen ist von ein paar schützenden Bäumen umgeben und hat einen eigenen hölzernen Bootssteg, der auf den See hinausführt. Tully erklärt uns, welche der Hütten noch in einem ganz ordentlichen Zustand sind und welche er als Erstes renovieren will. Ich höre gar nicht richtig zu. Ein Lufthauch umweht mich vom See her und zum ersten Mal an diesem Tag ist mir angenehm kühl.

Bei einer der größeren Hütten gehen wir hinaus auf den Steg und schauen über das glasklare Wasser. Die Sonne verschwindet langsam hinter dem Gipfel des Hügels auf der anderen Seeseite und die Farbe des Wassers hat sich von Smaragdgrün in ein helles Kupferrot verwandelt. Es sieht atemberaubend schön aus.

„Gumboot Lake ist zwei Kilometer lang und einen halben Kilometer breit", erklärt uns Tully. „Es gibt ein paar Ferienhäuser am anderen Ende des Sees sowie einige ganzjährig bewohnte Häuser. Aber hier bleibt es eigentlich immer schön ruhig."

Der Weg wird immer schmaler, die Büsche auf beiden Seiten immer dichter. Tully meint, es gäbe nicht mehr viel zu sehen, nur noch eine Hütte, die so abgelegen sei, dass es sich nicht lohne, sie wieder herzurichten. Wir machen uns auf den Rückweg. Ich lasse mich ein wenig zurückfallen und versuche, mir vorzustellen, wie es wohl gewesen sein mag, als es hier noch von Feriengästen und Pferden gewimmelt hat.

Vor mir redet Tully lebhaft auf Dad ein und der nickt hin und wieder mit dem Kopf. Als wir wieder bei der Lodge ankommen, deutet Tully auf ein Stallgebäude, einige Pferche und noch ein paar andere Nebengebäude. Der Stall ist auch in Blockbauweise und hat ein Wellblechdach. Dahinter erstreckt sich eine riesige Weide bis zum Rand eines kleinen Waldes.

Während ich dastehe und meinen Blick schweifen lasse, verschwindet die Sonne ganz hinter dem Hügel. Der See verliert seinen Zauber. Das Wasser ist auf einmal schwarz und das gegenüberliegende Ufer verschwimmt in der Dunkelheit. Ich schaudere ein wenig.

„Jetzt gibt's erst mal Kaffee", meint Tully. „Kommt rein."

Wir erklimmen die vier Stufen zur Veranda, die um die gesamte Lodge herumführt. Hölzerne Liegestühle mit ausgeblichenen gestreiften Auflagen sind überall auf ihr verteilt, mit Blick auf den See. Sieht so aus, als könnte man es sich hier wunderbar mit einem Buch gemütlich machen.

Als ich durch die Tür in die Lodge trete, erstarre ich zur Salzsäule. Wir befinden uns in einem riesigen, offenen Raum mit Holzfußboden, auf dem bunte Flickenteppiche liegen, einem gewaltigen gemauerten Kamin und jeder Menge weich gepolsterter Ledersessel und Sofas. Die Küche ist am anderen Ende des Raums, mit einer gigantischen Kochinsel und vielen glänzenden Kupferpfannen und Töpfen, die von einem an der hohen Decke befestigten Metallrahmen herabhängen. Es gibt einen langen Tisch, an dem bestimmt zwanzig Leute Platz haben. Über uns führt eine Galerie einmal rund herum und ich wette, da oben sind noch mal jede Menge Zimmer, die von der Galerie abgehen.

Der Raum ist fantastisch, aber das ist es nicht, was mich innehalten lässt. Es sind die gerahmten Fotos, die alle Wände bedecken. Ungelogen, es müssen hunderte sein.

„Beeindruckend", stellt Dad hinter mir fest. „Wer hat die alle aufgenommen?"

„Ich", erwidert Tully. Stolz schwingt in seiner Stimme mit. „Schaut sie euch an, wenn ihr wollt."

Tully deckt an einem Ende des Tisches drei Becher,

einen Teller mit Keksen, eine Kanne Kaffee und heiße Schokolade für mich auf, während Dad und ich durch den Raum schlendern. Die Aufnahmen sind wunderschön. Gebäude, Menschen, Tiere und Landschaften. Die Farben sind ausdrucksstark und lebhaft. Manche Orte wie die Pyramiden von Gizeh in Ägypten oder den Eiffelturm in Paris erkenne ich. Aber bei den meisten Bildern habe ich keinen Schimmer, wo sie wohl aufgenommen wurden.

„Sie sind viel rumgekommen“, stellt Dad fest.

„Ja, einmal um die ganze Welt“, antwortet Tully.

„Sogar in Afrika waren Sie“, sage ich. Ich stehe vor einer Wand, an der Fotos von afrikanischen Wildtieren hängen: Geparden, Elefanten, Leoparden, Giraffen und noch ein paar andere, die ich nicht benennen kann. Die Tiere sind so gestochen scharf abgebildet, dass man glauben könnte, sie würden jederzeit aus ihren Rahmen heraus springen können, wenn sie wollten. Ich kann die einzelnen Haare in der Mähne eines Löwen erkennen.

„Letzten Herbst war ich auf Safari im Masai-Mara-Park in Kenia. Ein wirklich eindrucksvoller Ort“, erzählt Tully.

„Wow!“, rufe ich. „Das würde ich auch gern mal machen.“

Ich glaube, ich könnte mir stundenlang diese Fotos ansehen, ohne mich zu langweilen. Außerdem kann Tully bestimmt jede Menge spannender Geschichten von seinen Reisen erzählen.

Tully schenkt Dad und sich Kaffee ein und die beiden setzen sich an den Tisch. Ich hole mir nur meinen Becher

Kakao und ein Plätzchen und gehe zurück zu der Wand mit den Afrika-Fotos. Da bin ich noch nahe genug, um alles hören zu können, was Dad und Tully besprechen.

Tully kommt ohne Umschweife zur Sache. „Ich suche jemanden, der an den Hütten arbeiten kann, bis der erste Schnee kommt."

Ich halte den Atem an.

„Könnte hinhauen", meint Dad gedehnt.

„Sie und Thea könnten hier mietfrei wohnen." Tully erwähnt das beinahe schon beiläufig. „Hütte drei ist in einem ziemlich guten Zustand. Die gehört nur mal gründlich sauber gemacht. So müssten Sie nicht jeden Tag extra hier rausfahren und Thea könnte die letzten Wochen des Schuljahrs bequem mit dem Schulbus fahren."

„Ich weiß nicht", meint Dad. „Ich würde lieber Miete zahlen, wenn ich hier wohne."

Tully zuckt mit den Schultern. „Ich bin mir sicher, da werden wir uns schon einig."

Ich lasse mir die Idee durch den Kopf gehen, während ich Auge in Auge mit einem Leoparden stehe. Hier zu wohnen wäre definitiv besser, als den Sommer in unserem kochend heißen Wohnwagen zu verbringen. Viel besser! Ich stelle mir vor, wie ich im See schwimme oder in einem der Liegestühle mit den gestreiften Polstern ein Buch lese.

„Klingt doch super", melde ich mich zu Wort.

„Ist auch nicht ganz uneigennützig", gibt Tully lachend

zu. „Ich kann hier gut etwas Gesellschaft gebrauchen. Und ich benötige Versuchskaninchen für meine Kochkünste, damit ich weiß, was ich meinen Ranch-Gästen anbieten kann."

„Mahlzeiten zusätzlich zum Lohn?", hakt Dad nach.

„Ich esse nun mal nicht gern alleine", stellt Tully fest. „Und es macht auch nicht mehr Mühe, für drei zu kochen statt für einen."

„Ich möchte mich nicht aufdrängen", sagt Dad. Seine Stimme klingt ein bisschen angespannt, so, als ob das alles zu schnell für ihn ginge.

„Wie wäre es dann, wenn ihr euch um euer Frühstück und Mittagessen selbst kümmert und nur zum Abendessen herkommt?"

So wie Tully redet, könnte man meinen, es wäre schon alles entschieden. Als hätten wir sein Angebot bereits angenommen. Einen Augenblick lang überlege ich, ob es nicht ein bisschen merkwürdig ist, dass er all das für zwei völlig Fremde zu tun bereit ist. Ich schiebe den Gedanken schnell beiseite. Tully braucht Hilfe, Dad braucht einen Job. So einfach ist das.

„Super Idee!", sage ich deshalb. „Ich hasse Kochen."

Tully lacht nur darüber und schließlich fängt auch Dad an zu lachen.

„Okay", sagt er und schüttelt Tullys Hand. „Abgemacht!"

Tully hat schon mal ein paar grobe Entwürfe gezeichnet, wie er die Hütten gern umbauen würde, und breitet sie auf dem Tisch aus. Es kratzt an der Tür und ein scharfes Bellen ist zu hören. Tully steht auf und öffnet. Die Hunde stürmen herein. Max und Bob lassen sich hechelnd auf den Boden fallen und Tinker geht zu dem großen Wassernapf in der Küche und schlabbert lautstark. Tully und Dad fangen an, über Balken und Bolzen zu reden. Daher nehme ich mir noch einen Keks und gehe raus. Ich will mir den Stall ansehen.

•

Die schwere Tür knarrt, als ich sie aufschiebe. Sofort schlägt mir der Duft von Heu entgegen. Das Bild eines anderen Stalls taucht vor meinem geistigen Auge auf. Es ist nicht wirklich scharf, nicht wie Tullys Fotos. Es ist mehr so, dass mich jede Menge Sinneseindrücke überwältigen. Der süßliche Geruch nach Pferd, das Rascheln im Stroh, das rhythmische Kauen von Heu, der Geruch von Sattelseife und Leder. Es schnürt mir fast die Luft ab und ich brauche ein paar tiefe Atemzüge, um mich wieder zu beruhigen.

Es ist vier Jahre her, dass ich zuletzt in einem Pferdestall gestanden habe. Vier Jahre, seit Mum tot ist.

Innerhalb von Sekunden gewöhnen sich meine Augen an das schummrige Licht. Ein gepflasterter Gang führt quer durch den Stall, rechts und links davon befinden sich die Boxen. Insgesamt sind es zwölf Stück. Ich spähe in eine hinein. Altes Stroh bedeckt den Boden und ein umgekippter schwarzer Futtereimer liegt herum.

Wenn ich die Augen schließe, kann ich die Pferde spüren, die wie Geister lautlos in den leeren Boxen stehen.

Ich öffne noch eine Tür und sehe in einen Raum voll mit Sattel- und Zaumzeug. Es herrscht absolutes Chaos: übereinandergestapelte Sättel, die an einer Wand lehnen, ein Wirrwarr aus Stallhalftern, Trensen und Führstricken, manche davon hängen an Haken, andere liegen einfach auf dem Boden.

Eine dicke Staubschicht bedeckt alles. Nicht so wie in dem anderen Stall, wo alles sauber und aufgeräumt ist, wo jede Trense ordentlich an einem Haken mit einem Namensschild hängt. *Dancer*, *Tippy*, *Major*, *Skipper*, *Magic*. Und *Monty*. Ich werde Monty nie vergessen.

Ganz tief in meinen Inneren rührt sich etwas.

Ich könnte das alles hier in Ordnung bringen, das Zaumzeug reinigen. Ich stoße einen Seufzer aus. *Wozu*? Bis hier wieder Pferde in den Boxen stehen, werden wir schon längst nicht mehr da sein.

Es gibt noch eine Tür in dem Gebäude und die führt nach draußen. Hinter dem Stall ist ein langer, rechteckiger Paddock mit festgetretenem Erdboden. Unkraut sprießt an den Rändern. In dem Paddock befindet sich an einem Ende ein Round-Pen, der mit Metallstreben abgezäunt ist. Am anderen Ende ist ein Unterstand aus Holz mit einem abschüssigen Flachdach und einer Badewanne voll Wasser nebendran. Außerhalb des Zauns liegen ein paar Heuballen sauber gestapelt und mit einer blauen Plane abgedeckt. Ein Ballen wurde aus dem Stapel herausgezogen und aufgeschnitten. Er lieg in einzelne Lagen zerfleddert auf der Erde. Er ist hellgrün und riecht frisch. *Neu.*

Mit klopfendem Herzen starre ich zum Unterstand. Zuerst sehe ich nur einen Schatten, ganz hinten in der Ecke versteckt. Doch dann bewegt sich der Schatten. Braune Augen beobachten mich und mein Herz fängt an, noch schneller zu rasen. Ich lehne mich über den Koppelzaun und hauche ein sanftes: „Hey."

Tully sagte doch, alle Pferde seien verkauft worden. Aus irgendeinem Grund muss dieses hier zurückgeblieben sein. Jetzt kann ich erkennen, dass es ein großes Pferd ist, mehr als eins sechzig Stockmaß, wette ich. Es ist ein Fliegenschimmel mit tausenden winzigen schwarzen Sprenkeln im Fell und dunkler Nase. Ein wenig Heu hängt aus seinem Maul, aber er kaut nicht. Er sieht mich misstrauisch an.

Ich schaue den Koppelzaun entlang und entdecke das Gatter. Ich entriegle es, schlüpfe in den Paddock und schließe das Gatter sorgfältig hinter mir. Das Pferd lässt mich keine Sekunde unbeobachtet und jetzt kann ich sogar das Weiße in seinen Augen erkennen.

„Hey", sage ich noch mal. Ich strecke die Hand aus und gehe langsam auf das Tier zu.

Ohne jede Vorwarnung scheint das Pferd zu explodieren. Es kommt aus dem Unterstand hervorgeschossen und tritt so fest gegen die dünne Holzwand, dass es nur so scheppert. Erschrocken mache ich einen Satz zurück, doch das Pferd rennt mich einfach über den Haufen und wirft mich zu Boden. Staub wirbelt mir in die Augen und nimmt mir die Sicht. Ich kann nicht erkennen, wo das Pferd jetzt ist, aber ich kann es wild schnauben hören. Völlig panisch rapple ich mich hoch und stolpere zum Zaun hinüber. Irgendwie schaffe ich es, über die Latten zu klettern, und lasse mich auf der anderen Seite einfach fallen. In Sicherheit.

Ich atme ein paar Mal tief durch. Mir geht's gut, ich habe keinen Kratzer abbekommen. Ich habe bloß Angst. Ich wische mir die staubigen Hände an der Jeans ab. Das Pferd ist mittlerweile auf die andere Seite des Paddocks hinüber galoppiert. Es hat hinter dem Round-Pen Schutz gesucht und steht jetzt wieder ganz still, aber ich erkenne deutlich, dass es verängstigt ist. Seine Flanken heben und senken sich rasch und ich kann immer noch das Weiße in seinen Augen sehen.

Ich bleibe eine Weile am Zaun stehen und beobachte das Pferd. Mein Blick schweift immer wieder zu dem mit Metallstreben abgezäunten Round-Pen.

Eine Erinnerung regt sich in mir. Wir hatten genau so einen neben unserem Stall. Mum und Dad haben dort immer mit den jungen Pferden gearbeitet, die bei uns in Ausbildung gegeben wurden.

Ich schiebe diese Erinnerung beiseite. Schnell wird es zu finster, um noch etwas sehen zu können, und das Pferd wird von der Dunkelheit verschluckt. Ich kann nur noch hören, wie seine Hufe auf dem harten Erdboden klappern, während es sich wie ein Schatten zurück in die Sicherheit seines Unterstands verzieht.

Unzählige Gedanken wirbeln mir im Kopf herum, als ich zurück zur Lodge gehe, aber ich habe mich praktisch schon entschieden, Dad nichts von dem Pferd zu erzählen.

Jedenfalls nicht heute Abend, solange er es sich immer noch anders überlegen kann.

Drei

Tully meinte, Dad habe den Job mindestens bis zum ersten Schnee sicher. Das bedeutet, ich müsste frühestens im November die Schule wechseln und wieder mal die Neue sein. Aber bis dahin ergibt sich bei der Glückssträhne, die wir gerade haben, vielleicht etwas anderes und wir können noch länger hierbleiben.

Dad kündigt den Wohnwagen zum Ende der Woche und wir ziehen am Wochenende hinaus auf die Ranch. Unser Pick-up ist voll beladen mit Kartons voller Lebensmittel und allem, was wir sonst noch besitzen. Was nicht viel ist. Dad hat vor vier Jahren alles verkauft, was ihn an unser altes Leben erinnern könnte.

Die Hütte, in der wir wohnen werden, ist eine von den geräumigeren. Sie hat zwei Schlafzimmer, ein Bad und eine große Wohnküche mit Sitzecke. Tully hat im Vorfeld kräftig durchgelüftet und den jahrealten Staub und Schmutz weggeputzt. Eine frische Brise lässt die Vorhänge wehen und der See glitzert in der Sonne.

Nachdem wir all unsere Sachen in den Schränken und Regalen verstaut haben, geht Dad schon mal zur Lodge hoch, um was mit Tully zu besprechen. Noch eine halbe

Stunde bis zum Abendessen, also schleiche ich mich in den Stall und gehe direkt durch zum Paddock auf der Rückseite.

Das Pferd hat sich in den Schatten zurückgezogen, den ihm der Unterstand bietet, und sein Maul gegen die Wand gedrückt. Fliegen schwirren um seine Ohren. Im hellen Tageslicht kann ich es viel besser sehen als neulich in der Dämmerung. Und ich hasse, was ich sehe. Sein Fell ist verdreckt, seine Mähne verfilzt. Mehrere dicke, wulstige Linien, die wie Narben aussehen, überziehen seine Sprunggelenke.

Diesmal weiß ich es besser, als zu ihm rein zu gehen. Für ein paar Minuten rede ich auf das Pferd ein, in der Hoffnung, es möge sich zu mir umdrehen. Ich wünschte, ich könnte es mit irgendwas anlocken. Nächstes Mal bringe ich einen Apfel mit. Ich bleibe so lange wie möglich, dann flüstere ich ihm ein: „Bis morgen", zu.

Ich bin sicher, das Pferd hat mich bemerkt, aber es zuckt nicht einmal mit den Ohren.

•

Beim Abendessen spreche ich Tully auf das Pferd an. Ich denke, jetzt kann ich es riskieren. Immerhin haben wir schon all unsere Sachen in die Hütte gebracht und Dad kann wohl kaum noch einen Rückzieher machen. Wir sitzen alle drei an einem Ende des langen Esstischs und essen Schinkenbraten mit Kartoffelgratin und Erbsen. Superlecker.

Dad sagt kein Wort, aber er legt seine Gabel am Tellerrand ab und hört auf zu kauen. Ich bin nervös und hoffnungsvoll zugleich. Immerhin hat Dad Pferde geliebt. Früher.

„Ah, dann bist du also Storm begegnet", sagt Tully. Er schaufelt sich noch mehr Gratin auf den Teller. Tully kann Unmengen essen, er hat schon mehr verputzt, als Dad und ich zusammen.

„Gehört er Ihnen?", will ich wissen. *Storm*, denke ich. Der Name passt zu ihm.

„Sozusagen", gibt Tully zurück. „Ich glaube, man kann nicht sagen, dass Storm *irgendwem* gehört. Aber er gehört zur Ranch, das macht ihn vermutlich zu meinem Pferd."

Dad sagt noch immer nichts.

Ich schlucke. „Er hat Narben an den Beinen und sein Fell ist völlig verwahrlost."

„Ich weiß", erwidert Tully.

„Irgendwer sollte sich um ihn kümmern, ihn putzen", stelle ich fest. Es klingt vorwurfsvoll, dagegen kann ich nichts machen.

Tully zuckt mit den Schultern. „Er lässt niemanden an sich ran. Ich werfe ihm täglich Heu und etwas Getreide rein und fülle die Badewanne mit Wasser. Mehr kann ich nicht tun."

Es gibt so viel, das ich über Storm gern wüsste. „Wo kommt er her?"

„Der Typ, dem ich die Ranch abgekauft habe, hat ihn von einer Auktion. Er meinte, da habe er halbwegs zahm gewirkt, aber wahrscheinlich hat man ihm ein Beruhigungsmittel gegeben, um ihn überhaupt verkaufen zu können. Der Typ hatte wohl keine Ahnung, was für einen Ärger er sich da eingehandelt hatte, bis Storm hier auf der Ranch angekommen war. Musste dann feststellen, dass das Pferd nie eingeritten wurde, obwohl es schon acht ist."

„Was für eine Verschwendung", meine ich.

Tully seufzt. „Früher oder später werde ich mir überlegen müssen, was ich mit ihm mache. Aber im Moment habe ich nicht das Gefühl, dass es irgendwem schadet, wenn es hier ist."

Langsam kaue ich auf einem Bissen Braten herum. Ich habe da so eine Idee, die mir im Kopf rumgeht.

Obwohl wir noch nicht aufgegessen haben, steht Dad auf. Ich hoffe, dass er irgendetwas wegen Storm sagt, aber das tut er nicht. Stattdessen dankt er Tully für das Abendessen und geht.

•

Tully und ich räumen gemeinsam das Geschirr in die Spülmaschine. Danach pfeift Tully nach den Hunden und die kommen unter dem Esstisch hervorgeschossen und folgen ihm nach draußen.

Beim Essen hat Tully uns erzählt, dass er angefangen hat, das kleine Büro hinter der Küche aufzuräumen. Er nennt das Sisyphusarbeit und meint, er komme nur dazu, wenn das Wetter zu schlecht sei, um draußen zu arbeiten. Da drinnen stapelt sich Kram aus der Zeit, in der es noch keine Computer gab: Quittungen, Reservierungsbücher, Rechnungen von Pferdeverkäufen und sogar ein altes handgeschriebenes Kochbuch.

Tully meint, er werde das meiste davon wegschmeißen, aber er habe ein paar Kisten mit alten Gästebüchern entdeckt, die wahre Schätze seien. Er hat darin gelesen, um einen Eindruck zu bekommen, was das hier mal für ein Ort gewesen ist. Er sagt, es sei fantastisch, von wie weit her die Gäste früher gekommen seien: Australien, Frankreich, Deutschland.

Er hat ein Bücherregal unter einem Fenster im Hauptraum freigeräumt und will die Bücher dort chronologisch geordnet ausstellen. Im Moment liegen die Bände noch kreuz und quer über den Fußboden verteilt vor dem Regal. Es müssen fünfzehn oder zwanzig Stück sein. Da ich gerade nichts Besseres zu tun habe, mache ich mich daran, sie zu sortieren.

Manche von ihnen haben eine Jahreszahl auf dem Buchrücken, aber bei den meisten muss ich reinschauen. In den ältesten Büchern kleben Schwarz-Weiß-Fotos von allen Gästen. Es gibt auch ein paar, in denen es schon Farbfotos gibt, aber in den neuesten Büchern sind gar keine Bilder mehr, nur handschriftliche Kommentare.

Es klaffen teilweise große Lücken zwischen den Daten und ich erinnere mich, dass Tully erwähnt hat, dass das Anwesen nicht immer als Ferienranch genutzt wurde. Zwischen 1965 und 1985 gibt es gar keine Bücher und zwischen 1998 und 2004 auch nicht. Als ich fertig damit bin, die Bücher ins Regal zu sortieren, nehme ich mir das älteste von ihnen – datiert 1953 – heraus und lasse mich in einen der Ledersessel fallen, um darin zu blättern. Der braune Ledereinband ist abgegriffen, das Papier vergilbt und die Tinte verblasst.

Die Seiten sind in zwei Hälften aufgeteilt: Auf der einen Seite die Kommentare der Gäste, auf der anderen die leicht verschwommenen Fotos, die vor der Lodge aufgenommen wurden. Familien, die wie die Orgelpfeifen aufgereiht dastehen, die Eltern die Hände auf den Schultern der Kinder, und alle lächeln steif in die Kamera.

Das Datum auf der ersten Seite ist der *7. Juni 1953*. Ich blättere die Seiten um, sehe mir die Gesichter genau an, die mich aus dem Buch heraus anstarren, und versuche, die Handschriften zu entziffern. Manche wirken kantig und verkrampft, andere sind ausladend, rund und flüssig. Nach einer Weile hören sich die Kommentare der Gäste alle so ziemlich gleich an: *fantastischer Ort ... ein Stück vom Paradies ... hervorragendes Essen ... wir kommen wieder.*

Auf einer Seite steht in einer kindlich krakeligen Druckschrift: *Vergesst nicht, Benny jeden Tag eine Karotte von mir zu geben.* Ich betrachte das Bild mit einem Mann, einer Frau und einem etwa neunjährigen Mädchen drauf. Es trägt geflochtene Zöpfe und zeigt mit einem breiten Grinsen seine Zahnlücke. Ich stelle mir vor, wie sie vermutlich irgendein gutmütiges altes Pferd lieb gewonnen hat, auf dem sie hier jeden Tag ein wenig herumgeführt wurde.

Ich frage mich, ob wir als Familie auch je so ausgesehen haben. Als ob wir zusammengehörten. Zu dem Zeitpunkt, an dem sie gestorben ist, hat Mum nicht mehr bei uns gelebt, also waren wir vielleicht nie so richtig eine Familie. Als Mum uns verlassen hat, habe ich das gar nicht verstanden. Immer wieder habe ich Dad gefragt, wo sie ist und wann sie wieder nach Hause kommt.

Die Wahrheit habe ich erst von einer Klassenkameradin, Samantha Higgens, erfahren. Sie hatte mitbekommen, wie ihre Eltern sich darüber unterhalten haben. Sie meinte, Mum sei mit einem anderen Pferdetrainer zusammengezogen, den Dad und sie schon seit Jahren kannten. So, wie Samantha das erzählte, hatte meine Mum nicht vor, je zu uns zurückzukommen. Ende der Geschichte. Das waren ihre Worte. *Ende der Geschichte.*

Nur war das noch nicht das Ende der Geschichte. Und woher wollte Samantha das überhaupt wissen? Aber noch bevor ich Gelegenheit hatte herauszufinden, ob Mum vorhatte, zu uns zurückzukommen, ist ihr Pferd an einem rutschigen Abhang gestürzt und hat sie unter sich begraben. Das hat sie nicht überlebt. Sie war alleine in die Berge geritten, auf einem jungen Hengst, den sie gerade erst eingeritten hatte. Ein Suchtrupp fand sie spätnachts. Ich weiß noch, dass ich vom Klingeln des Telefons aufgewacht bin und Dad sich zu mir auf die Bettkante gesetzt hat, um es mir zu sagen.

Ich fühle mich immer beschissen, wenn ich an Mum und unser altes Leben denke. Ich versuche, den Gedanken beiseitezuschieben und blättere weiter in dem alten Gästebuch. Auf der nächsten Seite steht *10. Juli 1953*. Zwischen den Seiten steckt ein klein zusammengefaltetes, vergilbtes Stück Zeitungspapier. Neugierig ziehe ich es heraus, falte es auseinander und streiche es glatt. Es ist ein Artikel, den jemand sehr sorgfältig ausgeschnitten hat. Er ist mit *9. Juli 1954* datiert – das ist fast ein Jahr nach dem Eintrag auf dieser Seite des Gästebuchs.

Ich lese mir den Artikel langsam und gründlich durch.

Zweifache Tragödie auf einer Ferienranch im Cariboo

Am Nachmittag des 7. Juli wurde die vierjährige Livia Willard von der Lakeview-Ferienranch im Herzen von British Columbias Cariboo-Nationalpark als vermisst gemeldet. Wayne und Joan Willard aus North Vancouver waren am Samstag, den 2. Juli, mit ihren drei Töchtern Esta (14), Iris (8) und Livia (4) zu ihrem jährlichen Urlaub auf der Ferienfarm angekommen. Begleitet wurden sie von ihrer 26-jährigen Nichte Melissa Ryerson aus England, die seit Anfang Mai bei der Familie in Kanada zu Besuch war.

Livia wurde um drei Uhr nachmittags als vermisst gemeldet. Ihre Eltern waren wegen eines familiären Notfalls kurzfristig nach Vancouver zurückgekehrt und hatten ihre drei Töchter in der Obhut ihrer Nichte gelassen. Sie hatten vor, im Laufe der Woche wieder zur Ranch zu kommen. Die Willards wurden sofort vom Verschwinden ihrer Tochter informiert und machten sich am späten Nachmittag desselben Tages auf den Rückweg zur Lakeview-Ranch. Auf dem Trans Canada Highway wurde ihr Wagen nahe der Kleinstadt Boston Bar von einem entgegenkommenden Lastwagen erfasst. Beide Elternteile konnten bei ihrer Ankunft im Krankenhaus von Hope nur noch für tot erklärt werden.

Im Augenblick stehen die Willard-Mädchen Esta und Iris sowie ihre Cousine Melissa Ryerson unter der Fürsorge von Pat und Margaret

Hunter, den Eigentümern der Lakeview-Ranch, bis Melissas Mutter Jane Ryerson aus England eintrifft. Ihre Ankunft auf der Ranch wird für morgen in den frühen Morgenstunden erwartet.
Als Livia Willard zuletzt gesehen wurde, trug sie rosafarbene Shorts, ein pinkfarbenes T-Shirt und Turnschuhe mit Häschenmotiven. Sie ist blond und blauäugig. Eine umfangreiche Suchaktion nach dem Mädchen wird weiterhin aufrechterhalten, die Polizei hat laut eigenen Angaben jedoch noch keine Anhaltspunkte. Ranch-Besitzer Pat Hunter war nicht zu einer Stellungnahme bereit.

Auf dieser Seite im Gästebuch sind zwei Fotos, eines von einem jungen, glücklich aussehenden Paar und eines von einer Familie: ein Mann, eine Frau, drei Mädchen. Neben dem Foto steht fein säuberlich ein Kommentar. *Wir hatten wie immer eine wunderschöne Zeit hier. Bis zum nächsten Jahr! Joan und Wayne Willard.* Darunter stehen die Namen der Mädchen: *Esta* in perfekt geschwungenen Lettern, *Iris* in einer leicht unregelmäßigen verschnörkelten Schrift und *Livia* in großen krakeligen Druckbuchstaben.

Ich schaue die Namen noch einmal in dem Zeitungsartikel nach, damit ich besser einschätzen kann, wer auf dem Foto wer ist. Das da muss Esta sein, ganz am Rand des Bildes und mit etwas Abstand zu allen anderen. Sie muss damals dreizehn gewesen sein, denn das Foto wurde ein Jahr, bevor der Zeitungsartikel erschienen ist, gemacht. Esta ist groß, fast so groß wie ihre Mutter, und hat dunkle Haare und Augen. Sie runzelt die Stirn und sieht aus, als wäre sie lieber sonst wo, anstatt für dieses Foto posieren zu müssen. Iris steht vor ihrer Mutter. Ihr glattes schulterlanges Haar fällt um ein schmales Gesicht mit einem spitzen Kinn. Sie lächelt zwar, aber ihr Lächeln wirkt aufgesetzt und verlegen.

Livia ist wunderhübsch. Jede Menge blonder Locken fallen weich um ihr herzförmiges Gesicht mit den großen blauen Augen. Sie steht neben ihrem Vater und hält dessen Hand. In der anderen hält sie den Arm eines Teddys, der Rest des Stofftiers baumelt an ihrer Seite.

Bis nächstes Jahr! Ich stelle mir vor, wie Joan diese Worte in das Gästebuch schreibt, während die Mädchen darauf warten, ihre Unterschrift darunterzusetzen. Die Eltern sind bestimmt vor Stolz darüber, dass ihre Tochter schon mit drei Jahren ihren Namen in Druckbuchstaben schreiben konnte, fast geplatzt. Die Eigentümer der Ranch müssen alle zusammengetrommelt haben für das Erinnerungsfoto, wie sie das wohl auch bei allen anderen Gästen taten. Danach haben die Willards wahrscheinlich ihren ganzen Kram ins Auto geladen und sind zurück nach Vancouver gefahren. Ich weiß nicht, warum, aber ich kann mir gut vorstellen, dass sie einen von diesen altmodischen Kombis mit Holzverkleidung an der Seite hatten.

Bis nächstes Jahr!

Dem Zeitungsartikel zufolge *waren* sie zurückgekommen. Aber für dieses Jahr gab es keinen Eintrag im Gästebuch, kein begeistertes: „Wir hatten eine wunderschöne Zeit."

Ich blättere das Buch bis zum Ende durch, um zu sehen,

ob noch weitere Zeitungsartikel darinliegen, aber ich finde nichts. Ich habe keinen Schimmer, wie lange der Artikel schon in diesem Buch versteckt gewesen ist, aber irgendetwas sagt mir, dass es wichtig ist, ihn dorthin zurückzustecken, wo ich ihn gefunden habe.

Ich falte das Stück Papier behutsam zusammen und werfe einen letzten Blick auf Livias Gesicht, bevor ich das Buch zuklappe. Ein winziger Schauer läuft mir über den Rücken. Kinder verschwinden doch nicht einfach so für immer, oder? Ich frage mich, wo sie sie gefunden haben.

Vier

Am nächsten Tag haben wir in der Schule die letzte Stunde frei, also verziehe ich mich in den Computerraum und tippe *Livia Willard* in die Suchmaschine. Nichts. Kein einziger Treffer. Vermutlich ist die Geschichte nicht wichtig genug, aber ich platze fast vor Neugier zu erfahren, was ihr zugestoßen ist. Ich gebe *Lakeview-Ranch* ein. Tully hat eine Website mit Fotos vom See und den Hütten eingerichtet. Es gibt noch ein paar andere Einträge, hauptsächlich auf Tourismus-Seiten mit Wegbeschreibungen, Lageplänen und ein paar alten Gästebeurteilungen. Aber in keinem wird ein kleines Mädchen erwähnt, das vor fast sechzig Jahren verschwunden ist.

Bevor es klingelt und der Schultag offiziell zu Ende ist, gebe ich noch rasch *Pferdeausbildung + Round-Pen* ein und bin überrascht, wie viele Seiten es dazu gibt. Eigentlich müssen wir uns von einem Lehrer die Erlaubnis holen, etwas aus dem Internet auszudrucken. Aber außer mir ist niemand hier, also drucke ich mir einfach so sechs Artikel aus.

Mein Handy vibriert. Es ist Dad. Irgendwas ist ihm dazwischengekommen und er kann mich nicht aus der

Stadt abholen. Ich soll den Bus nehmen. Ich habe einen Zettel für den Busfahrer, auf dem steht, dass er mich am Tor zur Ranch rauslassen soll, aber ich hatte nicht damit gerechnet, dass ich den heute schon brauchen würde. Es klingelt und ich frage mich, wie ich überhaupt den richtigen Bus finden und neben wen ich mich setzen soll. Ich fahre den Rechner runter und gehe raus vor die Schule, wo große Gruppen von Schülern auf den Bus warten.

Als schließlich drei Busse gleichzeitig am Bordstein halten, habe ich keine Ahnung, welcher davon meiner ist. Ich warte noch kurz und versuche, mich zu entscheiden, was ich machen soll. Ich erkenne ein Mädchen aus dem Sportunterricht wieder, mit dem ich einmal Badminton gespielt habe. Es war ganz nett, deshalb frage ich es, ob es weiß, welcher Bus raus zum Gumboot Lake fährt. Es deutet auf den hintersten Bus, also stelle ich mich dort ganz am Ende der Schlange, die in den Bus hineindrängt, an.

Der Platz direkt hinter dem Fahrer ist noch frei. Ich halte ihm meinen Zettel hin und er brummt, dass er mich höchstens an der Thurston Road rauslassen kann. Ich habe keine Ahnung, wo das ist, aber ich nicke und rutsche auf den Sitz. Immerhin muss ich so nicht den Gang entlanglaufen und mich von allen anglotzen lassen. Ich schaue aus dem Fenster, blende all den Lärm um mich herum aus und beobachte, wie die Landschaft an mir vorbeifliegt. Der Bus biegt von der Landstraße ab in den Schotterweg und hält alle naslang. Schnell leert er sich, bis es schließlich mucksmäuschenstill ist und ich schon glaube, die Einzige zu sein, die noch im Bus sitzt. Aber ich mag mich nicht umdrehen und nachsehen.

Auf einmal lässt sich jemand auf den Sitz hinter mir fallen und sagt: „Hi! Du bist Thea, oder?“

Nachdem ich jetzt keine Wahl mehr habe, drehe ich mich um. Es ist ein Junge aus dem Sozialkundeunterricht, der auf der Kante des Sitzes hockt. Ich habe ihn auch schon mal woanders gesehen, aber ich weiß nicht mehr, wo. Er hat relativ lange blonde Haare, ist sonnengebräunt und trägt eine Baseballkappe. Ich weiß sogar noch seinen Namen – Van –, aber ich bin echt schockiert, dass er meinen kennt.

„Stimmt“, erwidere ich.

„Ich bin Van“, stellt er sich vor.

„Weiß ich“, platze ich heraus und werde sofort knallrot. „Ich hab deinen Namen schon mal in Sozi gehört“, murmele ich.

„Ich dachte, du wohnst in der Stadt“, meint Van.

„Habe ich auch. Wir sind gerade erst rausgezogen auf die *Lakeview-Ranch.* Mein Dad arbeitet da.“

„Ah, dann steigst du an meiner Haltestelle aus.“ Er grinst. „Na ja, musst du, weil da der Bus umkehrt.“

Ich fühle mich unbehaglich, wie ich mich so in meinem Sitz umdrehen muss, um ihn ansehen zu können, und ich bin unsicher, wie ich mich weiter verhalten soll. Er steht auf.

„Die Haltestelle ist gleich da um die Ecke.“

Van steigt zuerst aus und ich folge ihm. Jetzt weiß ich, wo wir sind. Links von der Straße erstreckt sich ein großes Feld mit einer braun gestrichenen Scheune an einem Ende und auf der anderen Seite ist nichts als dichter Wald. Die Thurston Road geht rechts ab. Von hier aus sind es noch etwa zweihundertfünfzig Meter bis zum Torbogen der Ranch.

Der Bus wendet und rumpelt eingehüllt in eine Staubwolke davon. Van verschwindet im Gebüsch und kommt wenige Sekunden später mit einem blauen Fahrrad wieder hervor, das er über den Straßengraben hebt. Es sieht ziemlich ramponiert aus und hat verbogene Schutzbleche. Ich schätze mal, er muss sich keine Sorgen darum machen, dass es gestohlen werden könnte.

„Ich verstecke es immer hier", erklärt er mir. „Ich wohne am anderen Ende des Sees."

Stimmt, Tully hatte ja erzählt, dass es ganz hinten am See auch ein paar Häuser gibt, die ganzjährig bewohnt sind. Also sind Van und ich wohl so was wie Nachbarn.

Er schiebt sein Fahrrad neben mir her.

„Du brauchst meinetwegen nicht zu laufen", sage ich.

„Ich laufe aber gerne", gibt Van zurück.

Er bückt sich, hebt einen Stein auf und titscht ihn über das Stück Straße vor uns. „Wie gefällt's dir an unserer Schule?", will er wissen. Also ist ihm klar, dass ich neu bin. Das heißt, er hat mich vorher schon mal bemerkt. Nicht mehr und nicht weniger. Ist ja auch keine große Schule, da fallen die Neuen eben einfach auf.

Ich zucke mit den Schultern. „Ist halt 'ne Schule."

Van erwidert daraufhin nichts und ich könnte mich selbst ohrfeigen. Ich hätte zumindest sagen können, dass sie okay ist. Als wir zum Torbogen der Ranch kommen, sagt er: „Bis dann", springt auf sein Rad und fährt zügig davon.

Ich versuche immer noch, mich zu erinnern, wo ich ihn schon mal gesehen habe, aber es fällt mir einfach nicht ein.

Als ich zu Hause bin, gehe ich vom Steg vor Hütte vier aus schwimmen. An der Oberfläche ist das Wasser warm, aber unten an meinen Füßen ist es eiskalt. Ich muss ein Stück durch Seerosen hindurchschwimmen, um raus ins offene Wasser zu gelangen. Ich tauche unter den großen Blättern auf der Oberfläche hindurch und lasse meine langen Haare unter Wasser offen um mich herum treiben. Beim Auftauchen muss ich sie mir aus den Augen streichen. Ich kann förmlich spüren, wie der Schweiß und Schmutz des Tages von mir abgewaschen werden. Ein paar Minuten lang lasse ich mich auf dem Rücken treiben, starre nur in den blauen Himmel und schwimme dann zurück zum Bootssteg.

Es ist ein leichter Wind aufgekommen, der die Wasseroberfläche kräuselt. Ich lege mich bäuchlings auf die verwitterten Planken, die Sonne brennt mir auf den Rücken. Das Wasser schwappt sanft unter dem Steg und wiegt ihn hin und her. Irgendwo in der Ferne höre ich Hammerschläge: Dad ist gerade in Hütte fünf zugange. Hier draußen ist es so friedlich und tausendmal besser als in dem heruntergekommenen Wohnwagen in der Stadt.

Als ich wieder trocken bin, gehe ich rein und ziehe mir Shorts und ein Top an. Eigentlich muss ich noch Hausaufgaben machen, aber die können auch bis zum Abend warten. Ich schnappe mir einen Apfel für Storm, zerteile ihn in vier Stücke und gehe rüber zum Stall.

Storm steht mit entspannt hängendem Kopf in der Mitte des Paddocks, sein Schweif schlägt sanft hin und her, um die Fliegen zu verscheuchen. Als er mich bemerkt, hebt er den Kopf, beäugt mich misstrauisch. Ich klettere auf die oberste Zaunlatte und halte ihm ein Stück Apfel hin, schnalze mit der Zunge, um ihn dazu zu ermuntern, zu mir herüberzukommen und sich den Apfel zu holen.

„Keine Sorge, ich werde dich nicht anfassen", sage ich.

Er bewegt sich keinen Millimeter. Stattdessen lässt er seinen Blick von mir hinüber zu der riesigen Weide hinter dem Paddock wandern, die sanft bis zum Waldrand hin ansteigt, und zu den Hügeln in der Ferne. Seine Ohren sind aufmerksam aufgestellt. Ich versuche zu erkennen, was genau er beobachtet, aber da ist nichts. Auf einmal entdecke ich zwei graubraune Rehe, die durch das lange Gras springen. Storm scheint wirklich nichts um sich herum zu entgehen.

„Ich wette, du wärst auch gern da draußen", sage ich zu ihm. „Du würdest viel lieber über diese Wiese galoppieren, anstatt hier eingepfercht zu sein."

Für eine Sekunde überlege ich, einfach das Gatter zu öffnen und ihn freizulassen. Aber diesen Gedanken lasse ich ganz schnell wieder fallen. Er würde vermutlich nie wieder zurückkommen, und dann hätte ich ein massives Problem.

Heute Morgen habe ich Storm gefüttert – Heu und etwas Pferdemüsli, das ich in einer Metalltonne im Stall gefunden habe. Tully meinte, er werde mir diese Aufgabe nur zu gern überlassen. Jetzt fülle ich noch die Badewanne mit einem Wasserschlauch auf, der vom Stall herübergelegt ist, und sammle den leeren Futtereimer auf, den Storm an den Rand der Umzäunung getreten hat. Ich lasse ihn nicht aus den Augen, während ich im Paddock bin, aber er scheint überhaupt nicht an mir interessiert zu sein und starrt immer noch hinaus über die weit entfernten Hügel. Ich schmeiße noch eine Lage Heu über den Zaun, werfe die Äpfel darauf und warte.

Ich liebe Storms Duft. Ich liebe den Geruch von Heu und sogar den der Pferdeäpfel, die er auf dem staubigen Untergrund festgetreten hat.

Ich warte noch ein Weilchen länger.

Ich schaue hinüber zum Round-Pen am anderen Ende des Paddocks. Ich weiß, dass das der Schlüssel sein muss, um mit Storm arbeiten zu können. Wenn ich doch nur wüsste, wie ich es anstellen soll. Heute Abend will ich auf jeden Fall die Artikel lesen, die ich aus dem Internet ausgedruckt habe.

Schließlich trottet Storm hinüber zur Badewanne und

trinkt. Alle paar Sekunden hebt er nervös den Kopf. Wasser läuft aus seinem Maul. Er reckt den Hals und stupst ein Stück Apfel mit der Oberlippe an. Dann schließen sich seine Lippen um den Apfel und er kaut genüsslich.

Er ist jetzt ganz nah bei mir. Nur der Zaun steht zwischen uns. Ich halte die Luft an. Ich könnte jetzt die Hand ausstrecken und ihn berühren. Aber ich tu's nicht.

•

Beim Abendessen hat Tully eine Überraschung für uns. „Wir haben unseren ersten Gast", erklärt er stolz.

„Ich dachte, Sie wollten nicht vor nächstem Sommer eröffnen", sage ich.

Wir essen auf der Veranda. Tully hat für jeden von uns ein Steak gegrillt, dazu gibt es Ofenkartoffeln. Nach der Arbeit ist Dad heute kurz in den See gesprungen, um sich etwas abzukühlen. Er hat seine nassen Haare zurückgekämmt und sieht so entspannt aus, wie ich ihn schon lange nicht mehr gesehen habe.

„Ich eröffne auch nicht", meint Tully. „Aber diese Lady war sehr hartnäckig."

Er erzählt, dass er den ganzen Tag über mit einer Frau aus England hin und her gemailt hat. Sie heißt Marion Wilson und hat Freunde, die vor zehn Jahren schon mal hier waren und ihr die Ranch wärmstens empfohlen haben.

„Wann kommt sie?", will ich wissen.

„Nächste Woche", erwidert Tully. „Ich habe ihr schon

gesagt, dass wir im Moment weder Pferde zum Reiten haben, noch sonst irgendwelche Aktivitäten anbieten können. Aber sie meinte, sie wolle bloß etwas ausspannen. Sie frühstückt nicht, möchte aber gern ein Lunchpaket und mit uns zu Abend essen. Sie klang sehr nett, also habe ich zugestimmt."

„Welche Hütte gibst du ihr?", fragt Dad.

„Ich dachte an Nummer zwei, gleich neben eurer."

„Und wie lange bleibt sie?", hake ich nach.

„Das wusste sie noch nicht. Sie sagte, sie würde das gern offenlassen."

„Und dafür kommt sie den ganzen langen Weg von England hierher? Komisch", sage ich.

„Na ja, vielleicht fährt sie ja noch woanders hin." Tully wirkt aufgeregt. Gestern Abend hat er erzählt, dass er schon immer davon geträumt hat, eine Ferienranch zu besitzen, wenn er genug vom Herumreisen hat.

Ich weiß nicht so genau, wie ich den Besuch der Frau finden soll. Irgendwie fühlt es sich so an, als ob Tully zur Familie gehört. Vielleicht klingt das abgedroschen, aber es kommt mir wirklich so vor, als ob ich ihn schon viel länger als anderthalb Wochen kennen würde. Und diese Frau aus England ist eine Fremde, ich hätte die Ranch lieber noch für uns alleine.

Da ist noch etwas, das mich stört, aber ich kann es nicht genau benennen. Später, als ich im Bett liege und mich von einer Seite auf die andere wälze, weil es so schwül ist, dämmert es mir: Tully hat gesagt, Marion Wilson habe etwas von Freunden erwähnt, die vor zehn Jahren hier auf der Ranch Urlaub gemacht hätten. Aber vor zehn Jahren war die Lakeview-Ranch gar keine Gästeranch. Ich bin ganz sicher, denn ich habe für diesen Zeitraum kein Gästebuch gefunden. Im Gegenteil, da war eine Lücke von sechs Jahren. Also selbst wenn Marion sich um ein oder zwei Jahre vertan hätte, käme das nicht hin.

Hatte sich Marion Wilson also geirrt? Oder gab es einmal ein Gästebuch, das irgendwie verloren gegangen ist? Wahrscheinlich ist das alles ganz unbedeutend, aber trotzdem nagt es an mir. Es dauert noch lange, bis ich schließlich einschlafe.

Fünf

Am nächsten Morgen hängen am Himmel dunkle, Unheil verkündende Wolken. Ich gehe zum Ende der Thurston Road. Keine Spur von Van. Während ich auf den Schulbus warte, grübele ich darüber nach, wie ich mich verhalten soll, wenn er kommt. Ich meine, der Bus wird ja noch leer sein. Und falls er vor mir einsteigt, müsste ich ihm dann folgen und mich neben ihn setzen oder sollte ich einfach wieder den Platz hinter dem Fahrer nehmen? Ich hasse solche Situationen. Da weiß ich nie, was ich tun soll.

Van kommt in letzter Sekunde auf dem Fahrrad angerast und hat gerade noch Zeit, es achtlos in die Büsche zu werfen, ehe der Bus kommt. Ich schaffe es, zuerst einzusteigen, und setze mich auf denselben Platz wie tags zuvor. Van lässt sich mir gegenüber auf der anderen Seite des Ganges auf den Sitz fallen und fragt, ob er mal meine Sozialkundehausaufgaben sehen könne. Wenn ich sie schon gemacht habe, kann ich ihn auch ein paar Antworten abschreiben lassen. „Du bist meine Rettung", sagt er. Er lächelt und mir fällt auf, dass er einen leicht schiefen Schneidezahn hat.

Ein paar Minuten unterhalten wir uns noch, dann hält der Bus und nimmt zwei Mädchen und einen Jungen auf. Van steht auf und geht mit ihnen nach hinten durch. Wahrscheinlich sitzt er schon das ganze Schuljahr auf demselben Platz ganz hinten, aber ich bin doch ein kleines bisschen enttäuscht. Immer mehr Leute steigen ein und es kommt mir so vor, als ob alle bis ganz nach hinten durchgingen. Der Lärmpegel im Bus steigt. Es wird viel gelacht. Ein Hauch Zigarettenrauch zieht nach vorne durch, aber ich widerstehe der Versuchung, mich umzudrehen und nachzuschauen, wer da raucht.

„Die Kippe aus. SOFORT!", brüllt der Busfahrer. Totenstille. Dann kichert jemand.

Ich hole mein Buch raus und fange an zu lesen.

•

Am Nachmittag schüttet es wie aus Eimern. Dad wartet schon mit dem Pick-up an der Bushaltestelle auf mich. Ich verabschiede mich von Van mit einem gemurmelten „Tschüs", doch als Dad sieht, wie Van sein Rad aus den Büschen hervorholt, kurbelt er sein Fenster runter. „Hey, warum schmeißt du nicht dein Rad hinten drauf und ich fahr dich nach Hause?", ruft er ihm zu.

„Geht klar, danke", erwidert Van. Als er neben mir auf den Sitz rutscht, ist er bereits pitschnass. Im Wagen ist es dämpfig.

„Die Scheibenheizung funktioniert nicht richtig", stellt Dad fest und wischt mit dem Ärmel über die Scheibe. Es gießt wirklich in Strömen und die Scheibenwischer kommen gar nicht hinterher.

Dad und Van quatschen, als wären sie alte Freunde, während ich schweigend zwischen ihnen sitze. In den nächsten Minuten erfahre ich so einiges über Van. Er hat drei jüngere Schwestern und seine Familie lebt in dem Haus, in dem schon sein Vater aufgewachsen ist. Der ist Holzfäller und seine Mutter hat einen Stoffladen in der Stadt und gibt Kurse im Quilten. Vans Großeltern leben auch bei ihnen.

Wir fahren am Schild zur Lakeview-Ranch vorbei und nach ungefähr einem Kilometer sagt Van: „Jetzt rechts." Auf einem Holzschild am Straßenrand steht *Die Gallaghers*. Dad biegt in eine schmale Auffahrt, die sich zwischen den von Wind und Regen gepeitschten Kiefern hindurchwindet. Es ist erst vier Uhr, und trotzdem ist es schon dunkel draußen. Ein graues verwittertes Holzhaus kommt in mein Sichtfeld und dahinter der See, dessen Oberfläche zu lauter kleinen weißen Schaumkronen aufgewühlt ist. Die zwei Schaukeln vor dem Haus werden vom Wind hin und her getrieben. Daneben steht etwas aus rotem Plastik, das wie ein Spielhaus aussieht.

Als Van aussteigt, weht der Wind Regen ins Innere des Wagens, der die Sitze nass macht. Er hievt sein Rad von der Ladefläche, ruft: „Danke", und verschwindet dann hinter dem Haus.

„Netter Junge", meint Dad, während er den Wagen wendet. „Ist er in deinem Jahrgang?"

„Ja“, erwidere ich knapp.

„Habt ihr irgendwelche Fächer zusammen?“

„Sozialkunde“, murmle ich. Ich spüre, wie ich immer angespannter werde. Dad hat sich noch nie für meine Freunde interessiert. Im Grunde hat er noch nicht einmal mitbekommen, dass ich eigentlich gar keine Freunde habe. Dafür habe ich immer ihm die Schuld zugeschoben – all die Umzüge und Schulwechsel. Wie soll man da Freundschaften schließen, wenn man eh nur für ein paar Wochen oder Monate an einem Ort bleibt?

Na ja, jedenfalls bediene ich mich dieser Ausrede gern. Aber in der letzten Zeit bekomme ich irgendwie Panik. Vielleicht liegt es auch daran, wie ich mich verhalte? Oder nicht verhalte? Ich rede mir ein, dass ich nur außer Übung bin. Immerhin *hatte* ich Freunde, als wir noch in Fraser Valley gelebt haben.

Dad lässt nicht locker. „Ist doch toll, dass er nicht weit von uns weg wohnt.“

„Ja, klar.“

Er wirft mir einen Seitenblick zu. „Nun sei doch nicht immer gleich so misstrauisch, nur weil jemand nett zu dir ist.“

Seine Kritik tut weh und ich spüre, wie mir dummerweise Tränen in die Augen steigen. Was ist nur los mit Dad? Und woher will er überhaupt wissen, ob Van nett ist oder nicht?

„Lass es“, sage ich schroff.

Und ich meine es auch so. Ich will nicht über Van

reden. Ich weiß ja noch nicht mal, ob ich ihn mag oder nicht.

Dad lässt das Lenkrad los und hebt beschwichtigend beide Hände. „'tschuldigung."

Ich bin zu müde, um mit Dad zu streiten. Ich wische das Regenwasser mit einem Lappen, den Dad immer im Fußraum liegen hat, vom Sitz und rutsche zum Fenster hinüber. Der Regen rinnt in Strömen an der Scheibe herunter. Meine Gedanken wandern zu Storm und ich frage mich, wie es ihm bei diesem Sauwetter wohl geht.

Als wir zurück auf der Ranch sind, sagt Dad, er wolle noch ein bisschen was schaffen, bevor es Abendessen gebe. Er reißt gerade die alten Einbauschränke in Hütte fünf raus und hat bloß eine Pause eingelegt, damit ich auf dem Weg von der Bushaltestelle nicht völlig durchnässt werde.

Ich werfe mir ein Regencape über, setze die Kapuze auf, ziehe sie mir tief ins Gesicht und spurte rüber zum Stall. Storm hat sich in seinen Unterstand zurückgezogen und starrt hinaus in den Regen. Er ist pitschnass, sein gesprenkeltes Fell glänzt und in seiner verfilzten Mähne glitzern Wassertropfen. Er hat sein ganzes Heu um sich herum verteilt und es in den durchweichten, matschigen Boden gestampft. Ich hebe die blaue Plane an, die die Heuballen bedeckt. Einen der Ballen habe ich heute Morgen erst aufgeschnitten, die orangefarbenen Bänder hängen noch seitlich dran. Ich teile eine Lage ab und werfe sie vor Storm auf den Boden. Fünf Minuten bleibe ich noch, um sanft auf ihn einzureden, und gehe dann zurück in den Stall.

Der Regen prasselt laut wie Trommelfeuer auf das Blechdach. Obwohl es schummrig ist, finde ich einen Lichtschalter an der Wand, und als ich draufdrücke, wird der Stall von hellem Licht durchflutet. Für einen Augenblick stehe ich ganz still da und atme nur den Stallgeruch ein.

Mum hat diesen Geruch auch geliebt.

Ich halte die Luft an. Wo kam das jetzt her? Ich bin nicht mal sicher, ob das überhaupt stimmt. Ich versuche, nie an Mum zu denken. Ich bin mir nicht sicher, was ich über sie denken und im Bezug auf sie fühlen soll. Sie hat uns verlassen, um mit diesem anderen Typen zusammenzuleben. Und das geht gar nicht.

Es ist so: Meine Erinnerungen an Mum sind irgendwie wirr. Ich weiß noch, dass Dad all diese Kleinkindersachen mit mir gemacht hat, wie mich ins Bett zu bringen oder mir eine Geschichte vorzulesen. Ich kann mich sogar noch daran erinnern, dass er mich immer gebadet hat. Er, aber nie Mum. Sie hatte immer zu viel zu tun, musste sich mit anderen Pferdetrainern treffen oder Richterin bei Turnieren sein oder Kunden anrufen.

Ob Mum überhaupt mal an mich *gedacht* hat, nachdem sie weg war?

Das werde ich wohl nie erfahren, denn sie ist einfach so gestorben und für mich ist eine Welt zusammengebrochen. Dad hat unseren Hof und alle Pferde verkauft, sogar mein Pferd Monty, das ich über alles geliebt habe, und wir sind weggezogen.

Ich atme ein paarmal tief durch, bis ich mich wieder wie ich selbst fühle. Wie auch immer das ist. Ich beschließe, dass ich irgendeine Beschäftigung brauche, also verbringe ich eine ganze Stunde damit, das Sattel- und Zaumzeug in der Sattelkammer zu sortieren. Ich schüttele Satteldecken aus, klopfe Gras und Schmutz heraus und staple sie zusammengefaltet in einem Regal. Ich schleppe alle Sättel auf eine Seite, entwirre die Sattelgurte und lehne sie in Reih und Glied an die Wand. Sie sind eigentlich noch ganz in Ordnung, ein bisschen Sattelseife und sie sind wie neu.

Auf der Suche nach der Seife, sehe ich mir das Durcheinander im Regal an. Ich wühle mich durch Kardätschen, Plastikstriegel, Hufkratzer, finde eine Dose mit etwas, das sich Hufbalsam nennt, einen Eimer mit Lappen, eine Flasche Mähnenpflege und ein paar Schwämme. Aber keine Sattelseife.

Statt die Sättel zu reinigen, räume ich das Chaos in den Regalen auf und finde für alles einen Platz. Außerdem werfe ich alles, was weg kann, auf einen Haufen. Ich fühle mich viel besser, jetzt da ich beschäftigt bin. Als ich fertig bin, betrachte ich mein Werk. Es gibt immer noch jede Menge zu tun, aber ein Anfang ist gemacht.

Auf einmal fällt mir auf, dass es ganz still geworden ist. Kein Trommeln mehr auf dem Dach. Ich gehe zur Stalltür und schaue hinaus. Es ist zwar alles noch tropfnass, aber die Wolken sind aufgerissen und man kann stellenweise blauen Himmel erahnen. Die Luft ist frisch und klar. Und ich habe einen Bärenhunger.

Sechs

In der Schule ist gerade Mittagspause und heute habe ich endlich einmal etwas vor. Als es klingelt, mache ich mich auf den Weg zum Reitsportladen in der Stadt. Er ist nur vier Blocks von der Schule entfernt, mitten in der Fußgängerzone, welche etwa zwölf Blocks von Anfang bis Ende misst. Das lebensgroße Modell eines Pferdes steht draußen vor dem Laden und eine Pinnwand hängt neben der Tür. Sie ist über und über mit Bildern von Pferden, die zum Verkauf stehen, und Ankündigungen von Reitcamps oder Turnieren behängt. Vor gut zwei Monaten bin ich schon mal hier gewesen, aber bloß, um mich umzusehen. Gekauft habe ich nichts. Und Dad habe ich auch nichts davon erzählt. Ich liebe diesen Laden: die Satteldecken mit ihren bunten Navahostickereien, die glänzenden Westernsättel mit den aufwendigen Mustern, die in das Leder geprägt sind, die leuchtend roten, blauen und grünen Stallhalfter, sogar die vielen Eimer voll unterschiedlichster Bürsten und Striegel, die in langen Reihen auf dem Boden herumstehen.

Dieses Mal jedoch habe ich vor, etwas zu kaufen. Ich schnappe mir eine Dose Sattelseife und – ganz spontan –

eine Bürste mit weichen pinken Borsten. Als ich wieder rausgehe, schaue ich auf die Uhr. Noch eine Viertelstunde bis der Nachmittagsunterricht anfängt und es gibt da noch etwas, das ich gern erledigen würde.

Ich laufe ein paar Blocks weiter bis zum Heimatmuseum. Der Gedanke an das vermisste kleine Mädchen, Livia Willard, hat mich nicht losgelassen, und ich frage mich, ob im Museum vielleicht weitere Zeitungsausschnitte über Livia zu finden sind.

Auf dem Weg kommen mir Leute aus meiner Schule entgegen, die dorthin zurückgehen. Sie haben Slushes, Chipstüten und Getränkedosen dabei. Ich vermeide es, sie anzusehen, obwohl mich eines der Mädchen sogar grüßt. Vor lauter Schreck grüße ich zurück. Das Museum ist in einem schmalen blauen Gebäude untergebracht, das eher wie ein Wohnhaus aussieht. Ein *GESCHLOSSEN*-Schild hängt an der Tür. Und auf einem etwas kleineren Schild im Fenster sind die Öffnungszeiten aufgelistet. Ich versuche, sie mir zu merken.

In der Schule herrscht Stille, als ich das Gebäude wieder betrete, die Flure sind verwaist. Ich bin zu spät. Hastig stopfe ich die Bürste und die Sattelseife in meinen Spind und renne zu dem Klassenraum, in dem ich jetzt Mathe habe.

•

Es ist Sonntagnachmittag und es ist wieder mal brütend heiß, aber nicht so schwül wie die letzten Tage. Ich liege bäuchlings auf einem Handtuch auf unserem Bootssteg, die Ellenbogen aufgestützt, und lese. Vorhin habe ich mir die Haare gewaschen und lasse sie jetzt in der Sonne trocknen, sie fallen mir offen über die Schultern. Ich höre Motorgeräusche und sehe auf. Ein Boot rauscht auf unseren Steg zu, es hinterlässt zwei weiß aufgeschäumte Streifen Kielwasser.

Es ist Van. Er stellt den Motor ab, als er nahe genug am Steg ist, und lässt sein Boot herantreiben.

„Hey", sagt er.

„Hey", gebe ich zurück. Ich lege mein Buch weg und setze mich auf.

Van klettert aus dem Boot und vertäut es am Steg. Er ist barfuß, trägt eine abgeschnittene Jeans, aber kein T-Shirt. Etwas Goldenes glitzert in der Sonne. Es ist ein kleines Kreuz, das ihm an einer Kette um den Hals hängt. Ich habe noch nie jemanden in meinem Alter getroffen, der ein Kreuz trägt. Das sollte mir jetzt irgendwas sagen, aber was?

Van lässt seine Füße ins Wasser baumeln, während ich mit bis ans Kinn hochgezogenen Knien auf meinem Handtuch hocke. Wir quatschen ein bisschen über die Schule, hauptsächlich darüber, welche Lehrer wir gut finden und welche nicht. Im Grunde genau dieselbe Unterhaltung, die wir jeden Tag führen, während wir auf den Bus warten. Und dann sagt Van ganz ohne Vorwarnung: „Im Herbst solltest du mal mit in die Jugendgruppe kommen."

Ich versuche, meine Überraschung zu verbergen, indem ich mir die Beine mit Sonnencreme einschmiere. Mich hat schon lange keiner mehr zu irgendwas eingeladen. „Was ist das für eine Gruppe?“, frage ich.

„Bloß ein paar Leute, die sich im Gemeindezentrum der Baptisten treffen.“

„Oh“, gebe ich zurück. Das kann nicht Vans Ernst sein. Sofort erinnere ich mich an die Gruppe Schüler, die neulich Hand in Hand im Kreis vor der Schule stand. Die Religionsfanatiker. Jetzt weiß ich auch, wo ich Van schon mal gesehen habe, außer in Sozialkunde. Er war der Typ, der mich angelächelt hat. „Eher nicht.“

„Warum nicht?“

Vielleicht weil in so einer Jugendgruppe sicher von einem erwartet wird, dass man mit Fremden über seine Probleme spricht? Wie bei den Anonymen Alkoholikern oder so. So was mache ich im Leben nicht! Aber das kann ich Van natürlich nicht sagen. „Ich glaube nicht an Gott“, antworte ich stattdessen. Meine Stimme ist zu laut, viel zu laut. Ich will Van nicht vergraulen, ich will einfach nur nicht mit zu dieser Gruppe.

Aber Van zuckt bloß mit den Schultern. „Na und? Nicht jeder in der Gruppe geht auch in die Kirche. Pastor Jim wird das egal sein. Er lässt jeden mitmachen, der Lust darauf hat.“

„Wer bitte schön ist Pastor Jim?“, frage ich und grinse. „Und ist das sein echter Name?“

Van wirkt leicht angenervt. „Er ist der Gruppenleiter.

Also, offiziell. Aber er ist echt cool. Hält sich im Hintergrund, lässt uns die Gruppe führen, wie wir wollen."

Nicht dass ich ernsthaft interessiert wäre. Bin ich nicht. Trotzdem hake ich nach. „Und was macht ihr da so?"

„Abhängen, Filme gucken, manchmal gehen wir auch bowlen oder schwimmen. So Zeug halt."

Jetzt klingt Van wirklich angepisst und ich frage mich, ob ich ihn irgendwie beleidigt habe. Diese Jugendgruppe mag ja okay sein, nur ist sie nichts für mich.

Er starrt mich an. „Probier's doch einfach mal", sagt er.

Ich hasse es, wenn man mich bedrängt. „Und was?! Vor der Schule im Kreis rumstehen, Händchen halten und dabei völlig dämlich aussehen?"

„Das ist nur ein Gebetszirkel", erklärt Van. „Bloß eine Möglichkeit, gut in den Tag zu starten. Du müsstest da ja nicht mitmachen, wenn du nicht willst."

„Ich bin lieber für mich", sage ich. „Ehrlich. Gruppen sind nicht so mein Ding. Genau genommen macht es echt Spaß, keine Freunde zu haben."

Ich habe keine Ahnung, warum ich das gesagt habe. Es war als Witz gemeint, aber es klingt einfach nur erbärmlich. Vans Gesichtsausdruck spricht Bände. Nichts bringt ihn so schnell aus der Ruhe, aber jetzt ist er wirklich sauer. „Ich finde nicht, dass dir Sarkasmus gut steht", erwidert er scharf.

Ich hab keine Lust, noch länger darüber zu reden. Ich rappele mich hoch und recke mich. „Kennst du Storm?", will ich wissen.

„Wer ist Storm?“

„Ein Pferd“, sage ich wie selbstverständlich. „Komm mit!“

•

Van ist total beeindruckt von Storm.

Wir haben Apfelstücke mitgebracht, aber Storm weigert sich immer noch, sie mir aus der Hand zu fressen. Wir hocken uns auf die oberste Zaunlatte und beobachten ihn, wie er auf der anderen Seite des Paddocks hin- und herläuft. Seine Mähne wird vom Wind verwirbelt.

„Ich will in den nächsten Tagen damit anfangen, mit ihm zu arbeiten“, sage ich. „Sobald er sich an mich gewöhnt hat.“

Ich habe die Artikel aus dem Internet wieder und wieder gelesen und mich über Begriffe wie *Rangordnung* oder *Dominanz* und *Partnerschaft* schlaugemacht. Wie und wo ich beginnen soll, weiß ich allerdings noch nicht. Die ganze Woche über habe ich versucht, nahe genug an Storm ranzukommen, um ihn berühren zu können, aber er läuft immer wieder vor mir weg.

Van nickt ernsthaft, als ob er daran glaubt, dass ich das hinbekomme. „Wir haben zwei Ponys“, meint er. „Meine Schwestern reiten.“

„Was ist mit dir?“, will ich wissen. „Reitest du auch?“

„Nö, hat mich nie interessiert.“

„Ich bin früher jeden Tag geritten“, sage ich. Das wollte ich Van eigentlich gar nicht erzählen, es ist mir einfach so rausgerutscht. „Meine Eltern haben früher Pferde ausgebildet. Mein Dad hat mir Reiten beigebracht, als ich etwa drei war. Ich habe ein Bild von uns, da sitze ich vor ihm auf seinem Pferd. Und als ich sieben war, haben mir meine Eltern ein eigenes Pferd gekauft. Es hieß Monty."

„Echt?" Van klingt interessiert. Und kein bisschen mehr wütend. „Was ist dann passiert?"

„Was meinst du mit ‚was ist dann passiert'?"

„Na ja, jetzt renoviert dein Dad Ferienhäuser. Das ist nicht so ganz dasselbe wie Pferde zu trainieren. Und du hast noch nie was von deiner Mum erzählt."

Ich wünschte, ich hätte die Klappe gehalten. Aber nun muss ich was sagen und entscheide mich für die Kurzfassung. „Meine Mum starb bei einem Reitunfall, als ich neun war. Wir haben unseren Reitstall verkauft. Das ist alles."

Ich weiß, das hört sich oberflächlich an, aber anders kann ich damit gerade nicht umgehen. Schließlich habe ich das noch nie jemandem erzählt. Man sagt immer, es sei besser, Gefühle rauszulassen, anstatt sie in sich reinzufressen. Ich habe das noch nie ausprobiert. Und Dad auch nicht. Ich habe Van schon mehr erzählt, als ich eigentlich wollte. Und ich fühle mich kein bisschen besser, lediglich wie innerlich ausgekratzt.

„Du musst deine Mum sehr vermissen", stellt Van fest.

„Nicht wirklich."

Mir reicht's. Ich springe vom Zaun runter und Van tut es mir gleich. „Es muss sehr schwer für dich gewesen sein, dein Pferd aufzugeben."

Ich erwidere nichts.

„Tut mir leid", sagt er.

Ich zucke mit den Schultern. „Vergiss es, spielt keine Rolle mehr."

Es ist nicht mal gelogen, was ich gerade gesagt habe. Außer natürlich man kann lügen, indem man Dinge verschweigt. Auf keinen Fall werde ich Van auf die Nase binden, dass Mum uns verlassen hat, bevor sie gestorben ist. Es ist kompliziert. Viel komplizierter, als Van ahnt.

Es spricht für ihn, dass er nicht weiter nachhakt.

•

Am Ende bleibt Van sogar zum Abendessen. Von der Lodge aus ruft er bei sich zu Hause an, um Bescheid zu sagen. Währenddessen helfe ich in der Küche und schneide die Tomaten für den Salat und Tully brät Hackfleisch an für die Tacos.

Ich kann hören, wie Van sagt: „Sag es einfach Mum, ja?! – Das geht dich nichts an. – Sag es einfach Mum."

„Schwestern", seufzt er, nachdem er aufgelegt hat. „Sei froh, dass du keine hast."

Nach dem Essen macht Tully für alle Tee. Wir bleiben am Esstisch sitzen und Tully erzählt vom Masai-Mara-Nationalpark in Afrika. Dad und Van gefällt es besonders zu hören, dass dort die Frauen die Häuser bauen. Sie dämmen sie mit Mist. Ernsthaft.

„Jetzt, wo ihr's sagt: Eigentlich erledigen die Frauen dort die meiste Arbeit", meint Tully.

„Da sollten wir hinziehen", schlägt Dad vor und Van kichert.

„Haha", erwidere ich.

Im Grunde hätte ich nichts dagegen, nach Afrika zu fahren und mir ein paar von den Dingen anzusehen, von denen Tully gesprochen hat. Ich nehme das in die Liste meiner Träume auf – die Welt sehen.

•

Später am Abend gehen Van und ich mit Max und Bob noch mal raus. (Tinker liegt in ihrem Körbchen und schläft. Sie ist völlig platt vom vielen Eichhörnchenjagen am Nachmittag und rührt sich keinen Millimeter mehr.) Wir nehmen den staubigen Weg am Seeufer, der an den Hütten vorbeiführt. Zwischen den Bäumen glitzert der See hindurch, auf dem sich die untergehende Sonne spiegelt. Ein gellender Schrei durchbricht die Stille und verursacht mir Gänsehaut.

„Das ist ein Eistaucher. Hier ganz in der Nähe nistet ein Pärchen, es kommt jedes Jahr. Die beiden haben ihr Nest auf der Insel in der Mitte vom See", sagt Van.

„Ich habe sie neulich nachts schon mal gehört", erwidere ich. „Aber ich hatte keine Ahnung, dass es Vögel sind."

Der Eistaucher ruft noch einmal und diesmal ertönt ein Trillern als Antwort von weit her über den See. Ich finde es irgendwie cool, dass Van weiß, dass sie jedes Jahr wiederkommen und wo sie ihr Nest haben. Dad und ich werden schon im Winter weiterziehen, aber Van wird noch da sein, wenn sie wiederkommen. Er hat mir auch davon erzählt, dass sein Dad und er im Winter immer eine Eislaufbahn auf dem See bauen. Schwer vorzustellen an einem lauen Sommerabend, aber ich wünschte, ich könnte lange genug bleiben, um sie mir anzusehen.

Vor Hütte fünf türmen sich Haufen mit Bauschutt Seite an Seite mit Bauholz, das von einer Plane bedeckt ist, und einige Sägeböcke. Holzspäne bedecken den Boden. Wir werfen einen kurzen Blick hinein. Das meiste der Innenausstattung ist herausgerissen. Die Wände zwischen dem Schlafzimmer, dem Bad und dem Wohnzimmer stehen noch, aber es gibt keine Schränke, Regale oder so.

„Wird bestimmt schön, wenn es fertig ist", sage ich, während ich daran denke, was Dad und Tully über die Umbauten erzählt haben. „Sie haben vor, die Wände mit Kiefernholz zu verkleiden, das Bad neu zu fliesen und überall neue Armaturen einzubauen."

Van muss wegen des Sägemehls niesen, also gehen wir weiter bis nach hinten zu Hütte zehn. Hier ist der Weg von Gras überwuchert und wird immer schmaler, bis er schließlich ganz zwischen den Bäumen verschwindet. Weiter als bis hier bin ich noch nie gegangen.

„Tully hat von einer weiteren alten Hütte ganz am Ende des Wegs erzählt", berichte ich. „Aber die wird wohl schon lange nicht mehr benutzt."

„Ja, die habe ich mal vom Wasser aus gesehen", erwidert Van. „Lass uns nachsehen, ob wir sie finden."

Hier ist seit Jahren niemand mehr langgegangen, schätze ich. Niedriges Buschwerk wächst mitten auf dem Weg und an manchen Stellen scheint er ganz und gar zu verschwinden. Dann müssen wir im langen Gras nach alten Fahrspuren Ausschau halten. Nach ein paar Minuten, in denen wir ununterbrochen Mücken verscheuchen müssen, erspähen wir die alte Hütte am Ufer einer seichten, sumpfigen Bucht.

Sie ist sehr klein, hat vermutlich bloß ein Zimmer. Wie alle anderen Hütten ist auch sie aus Rundholzstämmen gebaut, aber sie sieht viel älter aus als der Rest. Sie sackt bereits zwischen dem Seegras ein, als wäre sie müde. Hellgrünes Moos wächst stellenweise auf den Stämmen. Zwischen den Dachschindeln klaffen ausgefranste Löcher und zwei der Fenster haben keine Scheiben mehr.

Die Tür hängt nur noch an einem Scharnier. Van bekommt sie trotzdem auf und wir gehen hinein. Bis auf einen Tisch mit einem kaputten Bein und zwei Stühlen ist die Hütte leer. In einer Ecke steht ein alter Holzofen zum Kochen und zwischen dem rostigen Ofenrohr und der Wand spannt sich ein gigantisches Spinnennetz. Die Bodendielen sind mit altem vertrockneten Laub bedeckt und die Fenster, die noch eine Scheibe haben, sind blind von jahrealtem Staub und Schmutz.

„Das wäre doch mal eine Herausforderung für deinen Dad", stellt Van grinsend fest. Er geht wieder hinaus, aber ich bleibe noch für einen Moment. Ich versuche, mir vorzustellen, wie hier einmal jemand gelebt hat, wie derjenige am Tisch saß und etwas gegessen hat, das zuvor auf dem Holzofen gekocht wurde.

Mein Blick bleibt an etwas hängen: Zeichen, die in den hölzernen Türrahmen geschnitzt wurden. Ich fahre sie mit den Fingern nach. Sieht aus wie Buchstaben, aber das Holz ist im Laufe der Zeit aufgequollen und das macht es schwierig, sie zu entziffern. Es sind vier Zeichen. Ein *S* glaube ich und etwas, das wie ein *T* aussieht. Vielleicht hat jemand seinen Namen eingeritzt, um zu dokumentieren, dass er hier war?

Ich gehe auch wieder raus. Zuerst kann ich nicht erkennen, was Van da treibt. Er hat seine Turnschuhe ausgezogen und seine Hosenbeine hochgekrempelt. Jetzt steht er bis zu den Knien im Wasser. Plötzlich bemerke ich, dass er auf den Überresten eines alten Bootsstegs steht, der halb im See versunken ist. Er kippelt auf den halb verrotteten Planken vor und zurück und rudert mit den Armen, um sich auszubalancieren.

„Hier drüben liegt ein altes Boot im Röhricht", sagt er. „Es hat zwar ein paar Lecks, aber vielleicht kann ich es reparieren."

Bob war im See schwimmen und schüttelt sich jetzt so genüsslich das Wasser aus dem Fell, dass es mir um die Beine spritzt. Irgendwo ganz in der Nähe bellt Max. Ich rufe nach ihm und einen Augenblick später kommt er mit hängender Zunge aus den Büschen gesprungen.

Van wiegt den Steg noch einmal mit gebeugten Knien

hin und her und ich sage: „Ich würd ja lachen, wenn du jetzt reinfällst."

„Keine Chance." Van springt an Land. „Die Mücken hier sind echt die Pest", stellt er fest. „Lass uns abhauen."

•

Es ist schon dunkel, als Van wieder nach Hause fährt. Dad befürchtet, dass er unterwegs nichts sehen könnte, aber Van zeigt ihm die Scheinwerfer an seinem Boot. Außerdem, meint er, sei er auf dem See aufgewachsen. Er wisse, wo alle gefährlichen Stellen sind.

Nachdem Van weg ist, geht Dad in unsere Hütte, aber ich bleibe noch draußen auf dem Bootssteg. Lange, nachdem Van in der Dunkelheit verschwunden ist, kann ich die Motorgeräusche seines Bootes hören. Als ich schließlich doch reingehe, um mich bettfertig zu machen, gehe ich zur Kommode und betrachte das Foto von Dad und mir gemeinsam auf seinem Pferd Skipper. Ich sehe wie circa vier aus. Ich trage eine Reitkappe und Dad einen Cowboyhut, dessen Krempe einen Schatten auf sein Gesicht wirft. Er hat die Arme um mich gelegt und ich grinse breit. Ich rede mir ein, dass ich mich an diese Ritte zusammen mit Dad erinnern kann, aber das stimmt nicht wirklich. Zum ersten Mal überhaupt frage ich mich, wer dieses Bild wohl gemacht hat.

Sieben

Neben Hütte zwei steht ein blauer Kleinwagen. Ich entdecke ihn kurz vor dem Kaffeetrinken am nächsten Tag auf dem Weg vom Stall zurück zu unserer Hütte. Die Engländerin, von der Tully uns neulich erzählt hat, muss angekommen sein, während ich bei Storm war.

Ich klopfe mir die Heureste von der Jeans, bevor ich unsere Hütte betrete, wasche mir den Pferdegeruch ab und ziehe ein frisches T-Shirt an, bevor ich in die Lodge rübergehe.

Tully möchte, dass alles perfekt ist, wenn sein erster offizieller Gast hier ist. An einem Ende des Tischs hat er vier Plätze eingedeckt, mit Stoffsets und einem schönen Besteck, das ich noch nie gesehen habe. Eine große weiße Vase mit wilden Lupinen und farbenfrohen Gladiolen ziert ebenfalls den Tisch. Tully holt gerade einen Apfelkuchen mit karamellisierten Zuckerstreuseln aus dem Ofen. Genießerisch atme ich den wunderbaren Duft nach Äpfeln und Zimt ein.

Neben dem Kamin steht eine Frau, die die Fotos an der Wand betrachtet. Sie hat mir den Rücken zugekehrt.

„Ach, da bist du ja, Thea", sagt Tully und stellt die Kuchenform auf einem Untersetzer ab. „Ich würde dir gern Mrs Wilson vorstellen."

„Oh, bitte nennen Sie mich Marion", sagt die Frau, während sie sich herumdreht. Sie spricht mit einem starken englischen Akzent, ist klein und hat kurzes graues Haar. Irgendwie erinnert sie mich an einen kleinen Vogel. Sie trägt sorgfältig gebügelte Jeans, ein pinkfarbenes Sweatshirt und weiße Joggingschuhe. Ihrem Aussehen nach zu urteilen, muss sie um die sechzig sein. Ich weiß nicht, warum, aber ich hatte sie mir jünger vorgestellt.

Marion kommt zu mir herüber und reicht mir die Hand. „Tully hat mir schon von dir erzählt", sagt sie. Ihre Augen sind leuchtend blau und so aus der Nähe kann ich feine Knitterfältchen in ihrem Gesicht erkennen. „Schön, dich kennenzulernen."

„Freut mich auch", erwidere ich. Marion Wilson scheint sehr nett zu sein und mir fällt kein einziger Grund ein, warum sie gelogen haben sollte, als sie Tully gesagt hat, ihre Freunde seien vor zehn Jahren schon einmal hier gewesen. Also beschließe ich, dass Tully da wohl etwas missverstanden haben muss oder dass die Ranch damals doch in Betrieb war, es aber zu dieser Zeit keine Gästebücher gab.

Schließlich kommt auch Dad rein und Tully macht ihn ebenfalls mit Marion bekannt.

Dad fragt sie, wie der Flug von England und die Fahrt von Vancouver aus gelaufen sind. Mich zieht es mal wieder zu Tullys Afrikafotos. Jedes Mal, wenn ich sie mir anschaue, entdecke ich neue Details auf ihnen. Heute ist es das flauschig weiche, abstehende Haar auf den Rücken der Gepardenjungen.

Beim Abendessen dreht sich das Gespräch hauptsächlich um Italien. Marion ist schon oft dort gewesen und sie und Tully haben festgestellt, dass sie zum Teil dieselben Orte besucht haben. Dad meint, er habe immer schon davon geträumt, mal nach Italien zu reisen. Für einen Augenblick erscheint er mir in einem ganz anderen Licht. Davon hat er mir nie erzählt. Irgendwie kommen sie auf italienische Weine zu sprechen und auch davon hat Dad offensichtlich Ahnung.

Nach einer Weile wechselt Marion das Thema. „Ich esse gerne mit Ihnen zu Abend und hätte auch sehr gern jeden Tag ein Lunchpaket, aber Frühstück ist nichts für mich. Und ich benötige auch ganz sicher niemanden, der mir das Zimmer aufräumt oder so“, sagt sie mit Nachdruck.

Tully wirkt enttäuscht. Er hatte sich doch so darauf gefreut, ein perfekter Gastgeber zu sein. „Aber es spricht doch sicher nichts gegen ein paar frische Handtücher alle paar Tage, oder?“

„Das wäre toll, ja. Und ich hätte gern ein Boot zu meiner freien Verfügung, solange ich hier bin.“

„Kein Problem“, erwidert Tully. „Wir haben sowohl Kanus als auch ein paar kleinere Boote mit Elektromotor. Thea wird sie Ihnen zeigen.“

Marion lächelt mich an. „Das wäre sehr nett von dir.“

„Tut mir sehr leid, dass wir Ihnen noch kein Pferd zum Reiten anbieten können", meint Tully. „Da werden Sie nächstes Jahr wiederkommen müssen."

„Oh, ich fürchte, meine Tage als aktive Reiterin sind gezählt", sagt Marion rasch.

„Sie sind früher geritten?", platze ich heraus und konzentriere mich zum ersten Mal wirklich auf die Unterhaltung.

„Sehr viel sogar. Aber vor zehn Jahren bin ich schwer gestürzt und mein Arzt hat mir gesagt, wenn das noch einmal passieren sollte, bekäme ich ernsthafte Probleme mit dem Rücken. Aber bis dahin bin ich täglich geritten."

„Und was für Pferde?", will ich wissen.

„Englisches Vollblut", antwortet Marion. „Jagdrennpferde." Sie macht eine kurze Pause, dann fügt sie hinzu: „Mein Onkel und meine Tante hatten eine Pferdezucht, die ich fortgeführt habe, nachdem sie gestorben waren."

Ich bin total beeindruckt. „Und sind Sie auch Rennen geritten?"

Marion lächelt mich an. „Wir hatten professionelle Jockeys für die Rennen, aber ich habe ein ganze Menge Jungpferde eingeritten. Und die bin ich dann natürlich auch bei Rennen zu Trainingszwecken geritten."

„Ich habe vor, hier auch Pferde zu züchten", berichtet Tully voller Stolz. „Erstklassige Quarter Horses. Im Moment mache ich mich gerade über verschiedene Stammbäume schlau. Das war schon immer ein Traum von mir."

„Das ist sehr spannend", meint Marion. „Aber auch ein ganz schönes Unterfangen."

„Ja, und komplettes Neuland für mich", gibt Tully zu. „Ach, na ja, ich liebe Herausforderungen."

Dads Stuhl macht ein schabendes Geräusch, als er ihn zurückschiebt. Er murmelt etwas davon, dass er heute noch ein bisschen was schaffen wolle.

„Was ist mit dem Apfelkuchen?", fragt Tully.

„Später", erwidert Dad nur, dann ist er auch schon verschwunden. Es kommt mir wie eine Ewigkeit vor, bis wieder jemand etwas sagt. Meine Wangen werden heiß und rot. Dad hat sehr unhöflich geklungen. Ich frage mich, was Marion jetzt wohl denkt.

Marion bricht das Schweigen. „Selbst gebackener Apfelkuchen – Sie verwöhnen mich."

Ich schaufele den noch lauwarmen Kuchen in mich rein. Schließlich sagt Tully, er werde den Kaffee raus auf die Veranda bringen. Also räume ich den Tisch ab und belade den Geschirrspüler. Für eine Sekunde überlege ich, ob ich Marion von Storm erzählen soll, aber dann lasse ich es doch bleiben. Ich bin nicht sicher, ob ich ihn schon mit jemandem teilen will.

•

Die Leuchtziffern meines Weckers sagen zwei Uhr morgens. Mein Rücken ist schweißnass und mein Herz rast. Ich brauche ein paar tiefe Atemzüge, um zu begreifen, dass ich bloß geträumt habe.

Das ist alles. Nur ein schlechter Traum.

Aber es fühlt sich so real an, obwohl die Details bereits verblassen. Ich versuche, die verschwommenen Bilder des Traums wie Puzzlestücke in meinem Kopf wieder zusammenzusetzen. Ich weiß noch, dass wir nach Livia Wilson gesucht haben, dem vermissten kleinen Mädchen. Der Traum war sehr unrealistisch, denn es ist ja schon sechzig Jahre her, dass Livia verschwunden ist. Trotzdem waren wir alle da: Tully, Dad, Van, ich und eine schattenhafte Gestalt, von der ich denke, es könnte Marion Wilson gewesen sein.

In dem Teil des Traums, den ich am klarsten erinnere, standen wir an einer sumpfigen Stelle am Seeufer. Kein Platz, den ich wiedererkenne, aber ich bin mir ziemlich sicher, dass es irgendwo am Gumboot-Lake war. Auf jeden Fall schrie jemand, dass er etwas gefunden habe. Es war ein rosa Turnschuh mit einem Häschenaufdruck. Und dann war ich unter Wasser, habe versucht zu schwimmen, aber da waren überall Algen, die mich an den Armen und Beinen festgehalten und nach unten gezogen haben. Auf einmal wurden aus dem Seegras Haare, blonde Locken, die sich unter Wasser wiegten, und ich erblickte ein bleiches Gesicht.

Dann bin ich zurück an Land gewatet, obwohl die Algen immer noch an mir zerrten wie dürre Ärmchen. Ich habe jemanden schluchzen hören, es klang wie ein Kind, doch ich konnte niemanden sehen. Und dann wurde der Traum so richtig wirr: Plötzlich stand ich in einem Wald und da war jemand neben einem Baum. Es war eines der Mädchen von dem Foto, die ältere Schwester. Ich habe die Stirn in Falten gelegt, als ich versuchte, mich an ihren Namen zu erinnern. Esta. Ihr Gesicht war völlig ausdruckslos und ihre Augen seltsam leer, aber ich wusste genau, dass sie mich beobachtet hat.

„Wo ist Livia?“, wollte ich von ihr wissen.

„Livia ist tot“, hat sie nur gemeint.

An der Stelle bin ich aufgewacht.

Ich schlage das klamme Laken zurück und klettere aus meinem Bett. In der Küche fülle ich ein Glas mit Leitungswasser, ganz leise, um Dad nicht zu wecken. Das Fenster über der Spüle ist offen. Frische Nachtluft weht herein und von draußen schlagen Nachtfalter mit ihren silbrigen Flügeln gegen das Fliegengitter. Es wird immer schwieriger, den Traum weiter festzuhalten, obwohl eine Frage in mir nagt: Ist Livia ertrunken? Das muss der erste Verdacht gewesen sein, den die Polizei hatte. Sicher haben sie den gesamten Uferbereich rund um den See abgesucht. Haben sie sie dort gefunden?

Draußen zieht etwas meine Aufmerksamkeit auf sich. Ein Licht, das durch die Bäume scheint. Für eine Sekunde kann ich es gar nicht einordnen, aber dann wird mir klar, dass es von Marion Wilsons Hütte kommen muss. Ich starre ein paar Minuten hinüber und frage mich, was sie wohl macht. Als ich fröstelnd und mit Gänsehaut zurück in mein Bett krieche, ist das Licht drüben noch an.

Acht

Van hat mich zum Abendessen zu sich nach Hause eingeladen. Das ist kein Date! Wie könnte es auch, wenn seine ganze Familie dabei ist? Seine Mum, sein Dad, seine drei Schwestern und seine Großeltern. Trotzdem, es ist und bleibt das erste Mal seit Langem, dass mich ein Junge zu irgendwas eingeladen hat, und ich brauche erbärmlich lange, um mich zurechtzumachen. Ich probiere gerade das vierte Oberteil an, als ich Dads und Vans Stimmen auf dem Bootssteg höre. Rasch ziehe ich das schwarze Neckholder-Top über (das ich als allererstes anhatte) und renne raus.

Van ist mit dem Boot gekommen, um mich abzuholen. Es ist Mittwoch, morgen ist Schule. Also verspricht er Dad, mich heimzubringen, bevor es dunkel wird, obwohl ich die beiden daran erinnere, dass es ohnehin die letzte Woche vor den Sommerferien ist und wir im Unterricht eh nichts mehr machen. Ich krabble in den Bug des Bootes und Van wendet es und wirft den Motor an. Wir schießen hinaus bis zur Mitte des Sees, kleine Wellen schwappen gegen den leicht hochstehenden Bug und mein Haar tanzt im Fahrtwind.

Marion Wilson kommt gerade in einem kleinen blauen Boot zurück. Sie sitzt sehr aufrecht im Heck, eine Hand an der Pinne, einen Strohhut auf dem Kopf. Ich winke ihr zu und sie winkt zurück, während sie sich auf den Steg vor ihrer Hütte zu treiben lässt. Ich frage mich kurz, ob sie wohl den ganzen Tag draußen auf dem See war und ob sie deswegen ein Lunchpaket wollte.

„Das ist Marion Wilson", erkläre ich Van. „Eine Touristin aus England."

Van nickt. Er beschleunigt das Boot. Ich war schon ein paarmal mit einem der Kanus auf dem See, um die Gegend zu erkunden, aber ich bin immer in der Nähe der Ranch geblieben. Weiter als bis zu der kleinen Insel, die von knorrigen Bäumen und einer Menge grau ausgeblichtem Totholz bedeckt ist, bin ich nie gefahren. Van ruft mir etwas zu, als wir an der Insel vorbeifliegen, und ich drehe mich zu ihm um, damit ich ihn verstehen kann. Er drosselt den Motor ein wenig und sagt: „Das da ist die Geisterinsel. Da habe ich als kleiner Junge ständig Burgen gebaut. Meine Schwestern spielen heute noch dort."

„Warum heißt sie Geisterinsel?", will ich wissen.

Van zuckt mit den Schultern. „Keine Ahnung. Vielleicht weil all die toten Stämme und Äste dort wie Knochen aussehen." Er hat den Motor so weit gedrosselt, dass wir nur noch vor uns hin dümpeln. Mit einem Mal legt sich der Wind und die Oberfläche des Sees erscheint wie aus Glas. Ich lasse meine Hand über den Rand baumeln und schöpfe eine Handvoll Wasser. Wie Seide rinnt es durch meine Finger. Es ist so friedlich hier draußen. Blauer Himmel. Grünes Wasser.

Van scheint über etwas nachzudenken. „Soll ich dir was Cooles zeigen?“, fragt er schließlich.

„Klar.“

Van gibt Vollgas und wir schießen förmlich über die ruhige Wasseroberfläche in Richtung der gegenüberliegenden Seite. Auf dieser Seite ist der Uferbereich sehr viel steiler. Dicht bewaldet und mit einzelnen frei stehenden Felsblöcken durchsetzt, ragt die Felswand direkt auf in den Himmel. Wir fahren eine Weile daran entlang. Als wir zum Eingang einer kleinen von Seerosenblättern bedeckten Bucht kommen, stellt Van den Motor ganz aus und kippt ihn nach vorne, sodass die Schiffsschraube aus dem Wasser kommt. Er setzt sich auf die Bank in der Mitte des Bootes und holt ein Paar Ruder hervor.

„Das Seegras und die Seerosen würden sich nur in der Schraube verfangen“, erklärt er. „Von hier an müssen wir rudern.“

Mit kräftigen Ruderschlägen manövriert er das Boot langsam durch die Seerosen und über die Bucht zum Ufer. Die Seerosenblätter rascheln, als der Unterboden des Bootes darüberstreift. Abgesehen vom Platschen der Ruder ist sonst nichts zu hören. Wir fahren genau auf eine Felswand zu, an der knorrige Bäume aus dem blanken Gestein herauswachsen. Gerade, als ich glaube, wir würden die Wand gleich rammen, sehe ich, wo Van hinwill: Da ist eine Spalte in der Felswand, die gerade breit genug für unser Boot ist. Wir gleiten hindurch in eine Welt aus Schatten und schwarzem Wasser. Ein geheimer Tümpel.

„Er ist nicht sehr groß“, sagt Van. „Im Grunde ist er nicht mehr als eine kleine Einbuchtung. Aber ich mag ihn, denn wenn man nicht weiß, dass es ihn gibt, würde man ihn nie finden.“

Der lange, schmale Tümpel scheint wie aus dem Fels herausgemeißelt zu sein. Er hat steile, von Bäumen gesäumte Ufer zu allen Seiten und ganz hinten liegen Berge von rostroten Felsbrocken, die stellenweise von hellgrünem Moos bewachsen sind. Die Luft ist feucht und kalt hier, das Wasser beinahe schwarz. Eine andere Art Seegras wächst hier, seine verschlungenen braunen Stränge treiben nur knapp unter der Wasseroberfläche.

„Es ist fantastisch hier“, sage ich schaudernd. „Aber irgendwie auch unheimlich.“

Ich hole eine Handvoll glitschiger brauner Algen herauf und halte die triefende Masse über die Oberfläche. Ein paar Augenblicke sitzen wir ganz still da, dann meint Van: „Ich wollte dir das nur kurz zeigen. Du hast Gänsehaut, lass uns zurück in die Sonne rudern.“

Als wir zurück in die kleine Bucht kommen, blendet mich die Sonne, die vom Wasser auf den Seerosenblättern reflektiert wird. Die Wärme auf meinen nackten Armen und Beinen fühlt sich herrlich an.

Ich wollte dir das nur kurz zeigen. Als wir wieder über den See dahinfliegen, sinniere ich über die erstaunliche Tatsache, dass Van beschlossen hat, *mein* Freund zu sein.

•

„Hast du 'ne Ahnung, wie alt ich bin?", fragt mich Vans Opa. Er sitzt neben mir am Esstisch. Er ist ein dünner Mann mit schütterem grauen Haar und von Altersflecken übersäter Haut.

Das Haus, in dem Van lebt, ist irre. Genau wie die Lodge der Ranch ist es auch voller Fotografien. Sie stehen auf Tischen und Simsen und bedecken jedes freie Fleckchen an den Wänden, aber sie sind anders als Tullys Bilder: Dies hier sind Familienfotos. Überall sind Bilder von Van und seinen Schwestern, die der Schulfotograf gemacht hat. Außerdem gibt es in diesem Haus mehr Bücher als ich je in irgendeinem Zuhause gesehen habe. Die Regale, die bis unter die hohe Decke reichen, sind komplett vollgestopft.

Gleich gibt es Essen. Vans Oma ist eine große, rotbackige Frau mit grauen, zu einem langen Zopf geflochtenen Haaren. Als wir ankamen, war sie gerade dabei, Kekse zu backen, und sie hat immer noch die mehlbestäubte Schürze um. Sie sitzt rechts von mir und neben ihr ist Vans Platz. Seine drei Schwestern sitzen gegenüber. Dawn ist zehn, Ginny acht und Katie sechs. Mal abgesehen von der Größe, sehen sie sich alle drei ausgesprochen ähnlich: Sommersprossen, blondes Haar und große braune Augen. Ich habe sie vorhin schon draußen auf der Weide kennengelernt, wo ich ihre Ponys mit Karotten füttern und bewundern sowie Stöckchen für Prinz, den Golden Retriever, werfen musste.

„Was glaubst du wohl, wie alt ich bin?“, beharrt Vans Opa auf seiner Frage.

„Ähm, keine Ahnung“, erwidere ich.

Katie kichert.

„Neunundachtzig“, sagt er grinsend. „Am 6. September werde ich neunzig. Da feiern wir dann eine große Party.“

„Ja, mit allen Schikanen“, sagt Vans Vater. Er geht um den Tisch herum und schenkt jedem Wasser aus einem Tonkrug ein.

Am anderen Ende des Tisches lässt Vans Mutter den Blick schweifen. „Ich denke, wir haben alles“, stellt sie fest.

Vans Eltern haben mich gebeten, sie beim Vornamen zu nennen: Martin und Jane. Und seine Großeltern bestehen darauf, dass ich Heb und May zu ihnen sage, aber das ist mir ein bisschen unangenehm, deswegen versuche ich, sie nicht direkt ansprechen zu müssen. Auf meinem Teller häuft sich das Essen: gebratenes Hähnchen, Kartoffelsalat, grüne Bohnen, Maisbrei sowie ein Brötchen. Das werde ich nie im Leben alles aufessen können. Nervös fummele ich an dem Brötchen rum, breche es auf und bestreiche es mit Butter.

Erst als ich den ersten Bissen schon im Mund habe, fällt es mir auf: Niemand außer mir isst. Sie warten offenbar alle auf etwas. Die Mädchen starren erst mich an, dann schauen sie zu ihrer Mutter hinüber, um zu sehen, wie sie reagiert. Ich laufe knallrot an.

Dann sagt Jane mit sanfter Stimme: „Dawn, möchtest du heute Abend das Tischgebet sprechen?“

Tischgebet. Scheiße! Ich hätte es wissen müssen. Am liebsten würde ich im Boden versinken. Vollständig verschwinden. Ich habe noch etwas Brötchenteig im Mund und ich wette, jeder am Tisch kann mich schlucken hören.

Dawn seufzt. „Danke, lieber Gott, für unsere Mahlzeit und dafür, dass Thea heute unser Gast ist. Amen.“

„Amen“, hallen sechs Stimmen rund um den Tisch wider.

Jetzt machen sich alle über das Essen her und der peinliche Augenblick ist vorbei, aber ich fühle mich immer noch wie ein Vollidiot. Und ich bin sauer auf Van, dass er mich nicht vorgewarnt hat.

Vans Schwestern reißen die Unterhaltung rasch an sich und erzählen Anekdoten von ihrem Tag in der Schule. Mir ist es ganz recht, dass ich einfach nur dasitzen kann, und ich versuche, mich an so viel Familie auf einmal zu gewöhnen. Vans Opa schläft irgendwann zwischen dem Hauptgang und dem Nachtisch (diesmal warte ich vorsichtshalber, bis Van den ersten Löffel Eiscreme in den Mund schiebt, nur für den Fall, dass es so etwas wie ein zweites Tischgebet gibt) ein. Sein Kopf fällt leicht vornüber und er fängt an, ein wenig zu schnarchen. Niemandem sonst scheint das aufzufallen. Oder vielleicht sind sie es auch einfach gewohnt. Ich mache mir ein bisschen Sorgen, dass er vielleicht zur Seite überkippen könnte, aber nach ein paar Minuten wacht er schon wieder auf. Seine wässrig blauen Augen wandern über den Tisch. „Wovon haben wir gerade gesprochen?", fragt er höflich.

Jane zögert einen Augenblick. „Ich habe Thea gerade nach der Ranch gefragt", sagt sie schließlich.

„Wir haben früher auf der Ranch gearbeitet", erzählt Heb. „Ich als Hausmeister und May als Köchin. Aber ich kann mich nicht mehr erinnern, wann das war."

„Das war vor sehr langer Zeit", sagt May sanft.

Plötzlich scheint Heb doch noch etwas dazu einzufallen. „Ich war einunddreißig, als ich dort angefangen habe. Und eure Großmutter siebenundzwanzig, Kinder. In welchem Jahr war das?"

Eine Pause entsteht. Ich spüre, dass Martin, Jane und May versuchen, Heb vor irgendetwas zu beschützen. Aber vor was?

„Das war in den Fünfzigerjahren", erwidert May zögerlich.

„Mir gefällt nicht, dass Van dort hingeht", meint Heb. Er wendet sich Van zu. „Du gehst da nicht mehr hin, hörst du. Sie werden dich nur beschuldigen", sagt er in einem scharfen Tonfall.

„Opa ...", seufzt Van.

„Sie wurde nie gefunden", ereifert sich Heb. „Nie. Man

hat überall nach ihr gesucht, aber sie blieb spurlos verschwunden."

Livia. Er muss von Livia sprechen.

Mir läuft ein Kribbeln den Rücken hinab. Vans Großeltern waren offenbar auf der Ranch beschäftigt, als Livia verschwand. Sie müssen es gewesen sein, das *war* in den Fünfzigerjahren. Und dann dämmert mir plötzlich etwas, während sich Hebs Worte in mir setzen. *Spurlos verschwunden.* Aus irgendeinem Grund hatte ich immer angenommen, dass Livia am Ende gefunden wurde. Vielleicht war sie ja auf eigene Faust in den Wald gelaufen. Oder sie war im See ertrunken und man hatte schließlich ihre Leiche geborgen.

„Wen hat man nie gefunden, Opa?", will Ginny wissen.

„Nicht jetzt, Ginny", sagt Jane.

Auf einmal fangen Hebs dürren Hände, die er bislang gefaltet im Schoß liegen hatte, heftig an zu zittern.

„Warum reden wir von der Ranch?" Er klingt verwirrt.

„Das ist nicht wichtig", versucht Jane, ihn zu beruhigen. Sie sieht zu ihrem Mann hinüber. Martin steht auf und legt seinem Vater die Hände auf die Schultern.

„Es ist alles in Ordnung, Dad", sagt er. „Komm, ich bringe dich mit deinem Tee in euer Wohnzimmer."

Bereitwillig lässt sich Heb vom Tisch führen.

„Was ist mit Opa los?", fragt Dawn, die alles mit wachem Blick beobachtet hat.

Vans Oma streicht sich die Schürze mit den Händen glatt und antwortet gefasst: „Das ist nur seine Demenz, Liebes.

Er kann die Vergangenheit nicht von der Gegenwart unterscheiden. Morgen früh geht es ihm wieder besser."

Doch so schnell gibt Dawn keine Ruhe. „Und darf Van weiter zur Ranch rüber?"

„Natürlich darf er das", erwidert Jane. „Es tut mir leid, Thea."

„Kein Problem", antworte ich.

„Wir sind so stolz auf Heb", erklärt Jane. „Normalerweise ist er blitzgescheit. Er weiß so viel über so ziemlich alles. Aber heute muss er sich wohl überanstrengt haben."

„Aber das hat er noch nie gesagt", meint Van. „Dass ich nicht mehr auf die Ranch dürfe."

Für einen kurzen Augenblick habe ich den Eindruck, May will uns noch etwas erzählen. Doch dann wandert ihr Blick zu den Mädchen hinüber, die gerade die letzten Reste Eiscreme aus ihren Schüsseln kratzen, und sie sagt nur: „Macht euch bitte keine Sorgen. Van, warum zeigst du Thea nicht Opas Vögel? Das wird ihn wieder in die Spur bringen."

•

Hebs und Mays Wohnzimmer befindet sich im hinteren Teil des Hauses. Heb ist tief in seinen Lehnstuhl gesunken, eine rote Wolldecke über den Knien und einen Becher Tee in der Hand. Er ist umgeben von lauter Vögeln: Enten und Gänsen und einem großen blauen Fischreiher, Spechten, Rotkehlchen und einigen winzigen Vogelarten, die ich nicht kenne. Sie sind aus Holz geschnitzt und filigran in lebhaften Rot- und Blautönen, rauchigem Grau und sattem Rotbraun bemalt. Sie stehen auf den Tischen, in den Regalen und auf dem Sims eines riesigen Fensters, das auf den See hinausgeht. Sie sind so schön, dass es mir glatt den Atem verschlägt.

„Haben Sie die alle gemacht?“, frage ich.

„Jeden Einzelnen“, erwidert Heb voller Stolz. Er stellt seinen Teebecher ab und wischt sich mit einer Serviette über den Mund. „Aber jetzt schnitze ich nicht mehr. Meine Hände sind zu steif wegen dieser verdammten Arthritis.“

„Die sind unglaublich“, staune ich.

„Opa hatte schon mal eine Ausstellung“, erzählt Van stolz. „In der Galerie in der Stadt. Und er hatte sogar eine Anfrage aus Vancouver, aber er wollte seine Vögel nicht so weit weg von zu Hause bringen.“

„Sie gehören hierher an den Gumboot-Lake“, erklärt Heb. „Es ist kein einziger Zugvogel dabei, es sind alles nur heimische Arten, die man hier am See jeden Tag beobachten kann.“

„Darf ich sie mal anfassen?“, frage ich.

„Oh, natürlich“, meint Heb.

Ich nehme einen kleinen Vogel in die Hand, der so blau ist wie der Sommerhimmel. „Dieser hier ist wunderschön.“

„Ein Berghüttensänger“, sagt Heb. „Das hier ist das Männchen. Ein wunderhübscher kleiner Kerl.“

Mühsam steht er aus seinem Sessel auf, führt mich im

Zimmer herum und stellt mir die einzelnen Vogelarten vor. Den Goldspecht, die Blauflügelente, die Brautente und den Rubinkehlkolibri, der nicht mehr als eine Handvoll Vogel ist.

Ich bin sehr erstaunt, wie gut er sich jetzt wieder erinnern kann.

„Mein ganzes Leben schon beobachte ich Vögel", erzählt Heb weiter. Seine Augen fangen an zu leuchten. „Ich hab vergeblich versucht, meinen Enkel hier auch dafür zu begeistern. Mit Ginny sieht es zum Glück anders aus. Wir haben gerade angefangen, eine Stockente zu schnitzen."

„Ich finde sie einfach toll", schwärme ich.

„Na ja, ist nur ein Hobby, aber es hat mich davon abgehalten, irgendwelche Dummheiten zu machen."

Heb wirkt plötzlich erschöpft. Er sinkt zurück in seinen Sessel und legt die Decke über seine dünnen Beine.

„Wir lassen dich jetzt ein bisschen in Ruhe, Opa", meint Van.

„Auf Wiedersehen, Thea." Heb streckt mir seine Hand hin. Sie fühlt sich so zerbrechlich an wie der winzige Kolibri.

„Bis bald", erwidere ich.

„Van, komm doch noch mal bei mir vorbei, bevor du ins Bett gehst. Dann beenden wir unsere Partie Schach." Heb grinst schelmisch. „Mein Junge hier und ich befinden uns in einer Pattsituation, Thea. Es steht drei zu drei. Aber heute werde ich ihn schlagen, das spüre ich."

Als Van mich mit dem Boot nach Hause fährt, erzähle ich ihm von dem Zeitungsartikel über Livia Willard. Er ist überrascht, dass er noch nie von ihr gehört hat. Aber wir sind uns beide sicher, dass sein Großvater beim Abendessen von ihr gesprochen hat. Ob er in seinem verwirrten Zustand gedacht hat, man würde Van für Livias Verschwinden verantwortlich machen?

Wir beschließen, am Freitag ins Heimatmuseum zu gehen und nach weiteren Artikeln über Livias Verschwinden zu suchen. Das Museum hat nur von eins bis vier geöffnet, also werden wir Schule schwänzen müssen. Aber es ist der letzte Tag vor den Ferien, da wird es ohnehin bloß Pizza und einen Film geben. Und weil Van und ich einander normalerweise in der Schule nicht beachten, hätte ich fast einen sarkastischer Kommentar abgegeben, ob er es nicht vorziehe, mit seinen komischen Gebetsfreunden rumzuhängen, anstatt mit mir ins Museum zu kommen.

Aber ich beiße mir auf die Zunge und verkneife es mir. Schließlich bin ich lernfähig.

Neun

Es ist Donnerstag, kurz nach dem Abendessen, und gerade ist etwas total Irres passiert: Ich konnte Storm in den Round-Pen locken. Zuerst habe ich das Gatter geöffnet und dann einen Eimer Pferdemüsli geholt. Damit bin ich ganz langsam bis in die Mitte des Paddocks gegangen und habe den Eimer leicht geschüttelt, sodass die Körner darin geklappert haben. Dem konnte Storm doch nicht widerstehen und ist mir in sicherer Entfernung bis in den Round-Pen gefolgt. Dort habe ich das Getreide auf dem Boden ausgekippt, bin mit dem leeren Eimer in der Hand vorsichtig um Storm herumgeschlichen und habe das Gatter von außen geschlossen.

Jetzt stehe ich draußen und er ist drinnen.

Ich atme tief durch. Ich bilde mir nichts drauf ein, dass ich ihn ausgetrickst habe, im Gegenteil, mir ist eher mulmig zumute.

In meiner Hosentasche steckt ein zerknautschtes Stück Papier. Ich brauche es nicht hervorzuholen und zu lesen. Ich weiß genau, was ich draufgeschrieben habe.

Kontrolliere die Bewegung.

Bestimme die Richtung.

An diesen beiden Punkten muss ich zuerst arbeiten.

Storm hat das Pferdemüsli aufgefressen. Mit hängendem Kopf trottet er im Round-Pen herum und schnaubt. Er dreht drei oder vier Runden, dann bleibt er stehen und drückt sein Maul gegen die Metallstreben des Round-Pens. Sie sind zu hoch, er kann den Kopf nicht darüberstrecken. Ich frage mich, ob er wohl genauso nervös ist, wie ich es bin.

Ich greife nach dem aufgewickelten Seil, das ich vorsorglich mitgebracht habe. Ich bin bereit. Das Seil ist weich und etwa sieben Meter lang. Mein Herz hat vor Freude einen Purzelbaum geschlagen, als ich es in der Sattelkammer entdeckt habe. Denn wenn ich diesen ganzen Internetartikeln glauben soll, ist es genau das, was ich für mein Vorhaben brauche.

Das ist alles, bloß ein Seil. Ohne Storm anzusprechen, schiebe ich den Riegel am Gatter zur Seite. Ich quetsche mich hindurch in den Round-Pen und schließe das Gatter wieder. Es scheppert ganz schön und Storm zuckt zusammen. Ich lasse Storm nicht aus den Augen, bis ich in der Mitte des Round-Pens stehe. Er kehrt mir sein Hinterteil zu und legt die Ohren flach an.

Kontrolliere die Bewegung.

Damit muss ich anfangen. Ich habe vor, Storm dazu zu bringen, sich in Bewegung zu setzen. Egal, in welche Richtung, Hauptsache er geht, wenn ich es von im verlange. Das wird mich zum Anführer machen. Oder wie es in einem der Artikel hieß: Ich werde zur Leitstute in unserer Miniherde. Pferde brauchen einen Anführer, denn dann fühlen sie sich sicher und aufgehoben. Na ja, so jedenfalls die Theorie.

Ich werfe das eine Ende des Seils gegen sein Hinterteil. Allerdings hatte ich nicht vor, es so fest zu werfen, denn es klatscht gegen seine Flanke und wickelt sich um sein Hinterbein.

Storm keilt fest aus. Er reißt mir das Seil aus der Hand und schleudert mir Dreck ins Gesicht. Instinktiv ducke ich mich. Er fällt in einen schnellen Galopp und rast im Round-Pen herum, als würde er von tausend Dämonen gejagt. Oh Gott, was wenn er stürzt oder in die Umzäunung kracht? Der Round-Pen ist klein, zu klein für die Geschwindigkeit, die er draufhat. Er rollt vor Angst mit den Augen. Seine Hufe zermahlen den Boden zu Staub, seine Flanken glänzen vor Schweiß.

Ich bin wie am Boden festgenagelt, meine Knie sind zu weich, als dass ich mich bewegen könnte. Jede Faser in mir schreit danach, ihm bloß nicht in die Quere zu kommen. Alles, was ich im Internet gelesen habe, ist plötzlich weg. Ich habe keine Ahnung, wie ich ihn stoppen soll. Und ich bin mir ganz sicher, dass er sich umbringen wird. Oder mich.

Er galoppiert Runde um Runde, seine Hinterhand schiebt ihn voran, seine Hufe trommeln rhythmisch auf dem Boden. Staub und der scharfe Geruch von Pferdeschweiß verstopfen mir die Nase.

Seine schiere Kraft macht mir Angst.

Ich glaube, er ist völlig durchgeknallt.

Auf einmal kommen die Worte zu mir zurück, die ich gelesen habe. *Die Arbeit im Round-Pen hat nichts damit zu tun, das Pferd einfach nur im Kreis herumzuscheuchen. Ein untrainiertes Pferd kann sich in die vollständige Verausgabung oder sogar zu Tode rennen.*

Willkürlich kommt mir eine weiterer Gedanke: Dad wüsste, was zu tun ist.

Wechsle die Richtung.

Das ist der zweite Schritt. Jetzt, da er sich bewegt, muss ich ihm sagen, in welche Richtung.

Doch ich habe zu viel Angst, es auszuprobieren. Ich bin sicher, er würde mich einfach niedertrampeln. Also tue ich nichts.

Nach einer gefühlten Ewigkeit fällt Storm erst in einen leichten Galopp und schließlich in Trab. *Kontrolliere die Bewegung. Wechsle die Richtung.* Seit ich das Seil nach ihm geworfen habe, ist Storm der Boss gewesen. Ich bin nicht mal annähernd die Leitstute. Und Storm weiß das. Er schlägt in meine Richtung aus, fest und voller Zorn. Dann bleibt er ganz ruhig stehen, seine Flanken heben und senken sich hektisch und er schnaubt durch geblähte Nüstern. Aber er würdigt mich keines Blickes.

Langsam legt sich der Staub. Mit rasendem Puls starre ich ihn an. Sein Maul ist von kleinen Schaumfetzen bedeckt.

Völlig verstört öffne ich das Gatter und lasse es offen stehen. Ich hole das Seil ein und werfe es mir über die

Schulter. Dann greife ich mir noch den leeren Futtereimer und renne hinüber in den Stall. Ich muss nachdenken. Ich brauche einen besseren Plan.

Zehn

Als Van und ich um zwanzig nach eins zum Museum kommen, hängt dort eine von diesen Plastikuhren im Fenster. *Bin in zehn Minuten zurück.* Also gehen wir noch zum Supermarkt an der Ecke, holen uns Cola und kippen sie auf dem heißen, sonnigen Gehweg vor dem Museum gierig in uns hinein. Ich bin erfüllt von der Vorfreude, die man nur am letzten Schultag vor den Sommerferien verspürt.

Eine alte, verrostete Karre hält an der Bordsteinkante, eine Frau steigt aus und ruft uns zu: „Tut mir leid, dass ihr warten musstet." Sie hat stacheliges schwarzes Haar, das unter einem grellbunten Bandana in alle Richtungen hervorsteht, sowie Piercings im Nasenflügel und der Augenbraue. Sie geht zur Beifahrerseite rüber und hebt einen kleinen blonden Jungen aus einem Kindersitz. „Musste Jeremy noch von der Krippe abholen. Er kränkelt ein bisschen", erklärt sie. „Ich bin übrigens Hana."

Hana sperrt die Tür auf und macht das Licht an. Wir kommen in einen kleinen Raum, in dem lauter Glasvitrinen stehen und ein Ständer mit altmodischen Kleidern. „In den anderen Räumen gibt es noch viel mehr zu sehen", erklärt Hana. Sie setzt Jeremy mit ein paar Bilderbüchern und einer Plastikdose voller Froot Loops auf einer Decke in einer Ecke ab.

„Falls ihr Fragen habt, wendet euch einfach an mich." Sie wirft einen Blick auf unsere Coladosen. „Aber die Getränke lasst ihr bitte hier draußen."

Wir stellen die Dosen auf den Tresen. „Wir wüssten gerne, ob Sie auch alte Zeitungen hier haben", sage ich.

Hana runzelt die Stirn. „Wie alt?"

„Aus den Fünfzigern", antworte ich.

„Wir haben leider keine vollständigen Zeitungen", erklärt Hana. „Aber wir haben Mappen mit einzelnen Artikeln. Ihr wisst schon, Berichte über Ereignisse, die für die Stadt von Bedeutung waren und so. Ich habe keine Ahnung, wie weit die zurückreichen, aber ihr könnt gerne nachsehen. Und wenn ihr hier nicht findet, wonach ihr sucht, probiert es doch einfach mal bei der Lokalzeitung. Ich meine, die archivieren ihre Ausgaben."

Sie führt uns zu ein paar hohen grauen Aktenschränken in einem winzigen Raum hinter dem Tresen. Es ist eher ein begehbarer Schrank, vollgestopft mit Kisten voller Bücher, zerfledderter Zeitschriften, einer alten Uhr und einem prall gefüllten Sack mit Kleidern. Neben der Spüle stehen ein Wasserkocher und eine Packung Tee.

„Ich bin neu hier", fährt Hana fort. „Ich weiß nicht genau, nach welchem System die Zeitungsausschnitte abgelegt wurden. Vermutlich müsst ihr ein bisschen rumkramen."

Der erste Schrank ist voller Mappen, die mit Titeln wie *Tiere der Arktis, Galapagos-Inseln, Luftfahrt* oder *Griechische Architektur* beschriftet sind. In ein paar von ihnen werfe ich einen Blick. Sie sind bis oben hin mit Artikeln und Bildern aus Hochglanzmagazinen gefüllt. Im zweiten Schrank finden wir Zeitungsausschnitte, aber die stammen alle aus der letzten Zeit. Sie drehen sich um Kommunalwahlen, den Bau einer neuen Freizeitanlage oder die Schließung der Mühle. Langsam fühle ich mich entmutigt. Vielleicht hätten wir besser gleich ins Archiv der örtlichen Zeitung gehen sollen.

„Hier!“, ruft Van. Er hat sich durch den Aktenschrank neben meinem gewühlt. „Diese hier sind alle ziemlich alt.“ Und dann: „Tadaaaa!“

Er zieht eine Mappe hervor, auf deren Etikett mit schwarzem Filzstift *Livia Willard* geschrieben steht. Ich kann unser Glück kaum fassen! Wir hätten uns auch verrückt suchen können.

Fünf Artikel sind in der Mappe, zusammengehalten von einer Büroklammer. Ich breite sie vor uns auf dem Tisch im Hauptraum aus. Wir setzen uns und ich gebe Van den Artikel vom 9. Juli 1954. Die Schlagzeile lautet: *Zweifache Tragödie auf einer Ferienranch im Cariboo.* Es ist derselbe Artikel, den ich auch im Gästebuch gefunden habe.

Ich nehme mir einen anderen Artikel und fange an, ihn zu lesen.

10. Juli 1954

Suche nach vermisstem Mädchen geht weiter

Die umfassende Suche nach der vermissten vierjährigen Livia Willard, die am Nachmittag des 7. Juli von der Lakeview-Ranch verschwunden ist, wird fortgesetzt. Die Polizei und unzählige Freiwillige haben den Uferbereich des Gumboot Lake sowie die dicht bewaldeten Bereiche rund um die Ranch abgesucht. Die Polizei kann ein Verbrechen nicht länger ausschließen. Beth Ryerson, die Schwester von Wayne Willard, ist am gestrigen Tag aus England eingetroffen, um ihren beiden jungen Nichten, der achtjährigen Iris und der vierzehnjährigen Esta sowie ihrer Tochter Melissa beizustehen, welche die Familie in Kanada besucht hatte. Sie sagte, sie wolle jedem danken, der unermüdlich dabei mithelfe, Livia zu finden, und dass die Familie sich erst einmal etwas Privatsphäre wünsche. Die Beerdigung von Livias Eltern Wayne und Joan Willard, welche bei einem Autounfall ums Leben gekommen sind, findet am 14. Juli in North Vancouver statt.

Da steht nicht viel drin, was ich noch nicht weiß. Ich nehme mir den nächsten Artikel vor. Die Schlagzeile weckt meine Neugier.

14. Juli 1954

Verhaftung im Willard-Fall

Im Fall des vermissten vierjährigen Mädchens, Livia Willard, welches zuletzt am Nachmittag des 7. Juli auf der Lakeview-Ranch gesehen wurde, hat es einen Durchbruch gegeben. Livias vierzehnjährige Schwester Esta Willard hat ausgesagt, dass sie ihre Schwester kurz vor deren Verschwinden auf dem Beifahrersitz eines Pick-ups gesehen habe, der Heb Gallagher, einem Angestellten der Ranch, gehört. Gallagher hat in den vergangenen vier Jahren als Hausmeister und Mädchen für alles auf der Ranch gearbeitet. Seine Frau May Gallagher ist dort Köchin. Nach gründlicher Befragung hat die Polizei Gallagher wegen Kindesentführung in Gewahrsam genommen. Eine Freilassung auf Kaution wurde abgelehnt.

Nachdem ich den Schock, die Namen von Vans Großeltern gelesen zu haben, halbwegs verdaut habe, gilt mein erster Gedanke ihm. Ich würde alles tun, um das vor ihm geheim zu halten, aber es ist schon zu spät. Er hält den Ausschnitt bereits in der Hand und liest ihn. „Oh mein Gott!“, wispert er. „Opa.“

Entsetzt schaut er mich an. „Das ist ja grauenvoll.“

Mir wird schlecht. Ich wünschte, ich hätte ihm nie vorgeschlagen, hierherzukommen. Ich habe das ungute Gefühle, dass ich etwas wieder ans Tageslicht gebracht habe, das besser verborgen geblieben wäre. „Hör mal, vielleicht sollten wir –“, setze ich an.

„Nein“, widerspricht Van. „Ich muss es wissen.“

Der nächste Artikel ist nur wenige Zeilen lang.

17. Juli 1954

Anschuldigungen im Willard-Fall fallen gelassen

Die Polizei musste sämtliche Anschuldigungen gegen Heb Gallagher, einen Angestellten der Lakeview-Ranch, fallen lassen. Die Behörde hat jeden Kommentar verweigert und lediglich angedeutet, dass Gallagher weiterhin eine Person von besonderem polizeilichen Interesse bleibt.

„Das war drei Tage später“, stellt Van fest. Er klingt erschüttert. Ich vermute mal, er versucht sich vorzustellen, wie diese drei Tage für seinen Opa gewesen sein müssen.

Es gibt noch einen weiteren Artikel in der Mappe. Das Papier wirkt neuer, die Schrift ist nicht annähernd so ausgeblichen wie bei den anderen. Ich schaue auf das Datum. Er ist über zwanzig Jahre später erschienen. Wir lesen ihn gemeinsam.

2. August 1979

Fall nach 25 Jahren immer noch ungelöst

Die Polizei hat die Ermittlungen zu verschiedenen ungelösten Fällen in der Gegend wieder aufgenommen, einschließlich dem der seit 1954 vermissten Livia Willard. Die vierjährige Livia war vor 25 Jahren am 7. Juli 1954 von der Lakeview-Ranch verschwunden, wo sie mit ihren Eltern Joan und Wayne Willard sowie ihren beiden Schwestern Esta und Iris und ihrer Cousine Melissa aus England Urlaub machte. Trotz intensiver Suche konnte das Mädchen nicht gefunden werden. Die Polizei will noch einmal alle Anwohner befragen, die 1954 hier in der Gegend ansässig waren. Damals war ein Einheimischer und ehemaliger Angestellter der Ranch intensiv verhört und in Untersuchungshaft genommen worden, musste jedoch nach wenigen Tagen wieder auf freien Fuß gesetzt werden. Der mittlerweile 58-jährige steht weiterhin im Fokus der Ermittler und ist bereits erneut befragt worden. Er behauptete, zu dem Zeitpunkt, als Livia Willard verschwand, am Marmot Lake angeln gewesen zu sein, und hat seit jeher seine Unschuld beteuert.

Van sieht blass aus. Wären wir bloß nie hergekommen. Mir schwirrt der Kopf, aber ich komme doch immer wieder zu derselben Schlussfolgerung: Es ist einfach Irrsinn, den sanftmütigen Heb, der so wundervolle Vögel schnitzt und seine Enkel über alles liebt, mit Livias Verschwinden in Verbindung bringen zu wollen.

Van stopft die Zeitungsausschnitte zurück in die Mappe. „Lass uns gehen."

Auf dem Weg zurück zur Schule sagt keiner von uns ein Wort. Auf einmal ertönt hinter uns eine Hupe. Es ist Dad in seinem Pick-up. Er fährt an den Bordstein heran und hält. Er hat hier in der Stadt Baumaterial abgeholt und bietet uns an, uns mit nach Hause zu nehmen. Vielleicht würde Van ja lieber den Bus nehmen, um sich am letzten Schultag von seinen Freunden verabschieden zu können. Gerade will ich sagen, dass mir das nichts ausmachen würde, da meint er: „Das wäre cool, vielen Dank." Also klettern wir beide in den Wagen.

Während wir zum Gumboot Lake rausfahren, unterhalten sich Van und Dad über mich hinweg darüber, wo es die besten Angelplätze in der Gegend gibt. Van beantwortet höflich jede von Dads Fragen, aber ich bin mir sicher, er ist immer noch genauso geschockt, wie ich es bin. Ich starre durch die Windschutzscheibe hindurch auf die Straße. Ich kann einfach nicht aufhören, über Vans Opa und Livia nachzudenken.

Elf

Bei Van zu Hause steige ich auch aus und verspreche Dad, dass ich bis zum Abendessen zu Hause bin. Prinz, der Golden Retriever der Gallaghers, kommt auf uns zugestürmt, um uns zu begrüßen. Ich knie mich vor ihm hin und vergrabe mein Gesicht im dichten Fell an seinem Hals.

Dawn und Ginny striegeln ihre Ponys draußen vor dem Stall. Ich gehe kurz hinüber, um Hallo zu sagen, und folge Van dann in die Küche.

Vans Mutter kocht Erdbeermarmelade ein. Blitzsaubere Einweckgläser sind auf der Arbeitsfläche aufgereiht und aus einem riesigen Kochtopf auf dem Herd blubbert es leicht. „Hallo, Thea“, begrüßt sie mich. „Bedien dich.“ Ich nehme mir eine fette Erdbeere aus einer Pappschale und stecke sie mir in den Mund.

Van läuft unruhig hin und her wie ein Tiger im Käfig. Ich kann seine Anspannung spüren, er strahlt sie regelrecht aus.

„Ich *weiß* es, Mum“, sagt er schließlich mit gepresster Stimme. „Ich *weiß* von Opa und dem kleinen Mädchen, das verschwunden ist.“

Jane hört abrupt auf, in dem Topf herumzurühren und starrt Van an.

„Warum habt ihr mir nie davon erzählt?“, fragt er vorwurfsvoll.

„Ach, Van“, seufzt Jane. „Wie bist du dahintergekommen?“

„Es ist meine Schuld“, gebe ich rasch zu. „Ich habe in den Gästebüchern der Ranch einen Zeitungsartikel über Livia gefunden. Ich wollte wissen, was damals passiert ist, also sind wir ins Heimatmuseum gegangen und haben recherchiert.“

„Ich will bloß wissen, warum ihr es mir nicht erzählt habt“, meint Van.

„Wir haben es dir nicht gesagt, weil wir deinem Großvater versprechen mussten, dass ihr Enkelkinder es nie erfahren würdet“, ertönt eine ruhige Stimme hinter uns.

Es ist May, sie steht im Türrahmen.

„Ich möchte nicht, dass ihr Oma damit behelligt“, sagt Jane.

„Ach, Quatsch“, erwidert May.

Sie lädt Van und mich ein, mit ihr in ihrem Wohnzimmer Tee zu trinken.

„Es ist eine gute Gelegenheit, um zu reden“, meint sie. „Heb ist mit Vans Dad in die Stadt gefahren, um ein paar Besorgungen zu machen.“

Wir gehen hinüber ins Wohnzimmer, wo ich erneut Hebs Vögel bewundere. Sie sehen so echt aus, als ob sie jeden Moment ihre Flügel ausbreiten und losfliegen könnten. Ich streiche über das Gefieder einer Ente, während May uns allen Tee einschenkt. Dann holt sie eine runde Blechdose hervor und arrangiert ein paar Kekse auf einem Teller.

„Van hat recht“, sagt sie schließlich. „Wir hätten es ihm sagen müssen. Schließlich haben wir nichts zu verbergen. Also, was möchtet ihr wissen?“

„Alles“, meint Van.

May schweigt. Ich frage mich, ob sie es wohl genau wie ich macht und sich gründlich überlegt, welche Einzelheiten sie erzählen will und welche besser ein Geheimnis bleiben sollten. Immerhin gibt es Dinge, die niemanden etwas angehen.

„Also, erst einmal: Alle Vorwürfe gegen deinen Großvater wurde fallen gelassen“, beginnt sie schließlich. „Es gab keinerlei Beweise, dass er etwas mit der Sache zu tun hatte. Lediglich eine Geschichte, ausgedacht von einem verwirrten Teenager.“

„Das ist doch nicht fair!“, beklagt sich Van.

„Nein, das ist es nicht.“ May legt die gefalteten Hände in den Schoß, ihren Tee hat sie noch nicht angerührt. „Wir kannten die Familie Willard gut. Seit Livia ein Baby war, kamen sie jedes Jahr auf die Ranch. Immer Anfang Juli, immer für zwei Wochen. Esta war die Älteste, Iris die Mittlere und Livia die Jüngste. Die Familie war jedes Mal in derselben Hütte untergebracht, in der großen mit den zwei Schlafzimmern und dem Wohnzimmer.“

Mich schaudert's. Das klingt nach der Hütte, die Dad

und ich bewohnen. Ich überlege, ob die drei Mädchen wohl alle in meinem Zimmer übernachtet haben. Ich stelle sie mir in altmodischen Nachthemden vor, wie sie noch so lange tuscheln, bis ihnen die Augen zufallen.

„In dem Jahr, in dem Livia verschwunden ist, hatten sie auch ihre Nichte aus England dabei", erinnert sich May weiter. „Ihr Name war Melissa. Sie war eine hervorragende Reiterin. Ihren Eltern gehörte wohl irgendein schicker Reitstall in England. An dem Tag, an dem Livia verschwand, ist sie den ganzen Nachmittag über ausgeritten und hatte Esta gebeten, auf Livia und Iris aufzupassen."

Missbilligung schwingt in ihrer Stimme mit. „Melissa war für die Mädchen verantwortlich, sie hätte sie nicht einfach alleine lassen dürfen. Schon gar nicht die kleine Livia. Sie war doch erst vier."

Ich versuche mich daran zu erinnern, was genau in den Zeitungsartikeln gestanden hatte. „Die Eltern waren zurück nach Vancouver gefahren, oder?", sage ich.

„Genau", erwidert May. „Ich weiß nicht mehr, warum. Vermutlich irgendein familiärer Notfall." Sie runzelt die Stirn. „Zuerst wollten sie die Mädchen gar nicht dalassen. Es gab ein ganz schönes Gezeter, vor allem über die Frage, ob Livia mit ihren Eltern fahren sollte. Sie war noch so klein. Wayne wollte sie mitnehmen. Er hat sie total vergöttert. Und er hat sich Sorgen gemacht."

„Worüber?", will ich wissen.

„Livia litt an Asthma. Und in diesem Sommer war es besonders schlimm gewesen. Ich weiß noch genau, wie das arme Würmchen immer nach Luft gerungen hat. Aber dann war es etwas besser geworden, also haben sie sich letztendlich doch dazu entschlossen, sie auf der Ranch zu lassen. Sie dachten wohl, dort hätte sie mehr Spaß."

„Wenn Livia mit ihren Eltern gefahren wäre, wäre alles ganz anders gekommen", stellt Van fest. Er klingt verbittert.

„Wenn es nach Wayne gegangen wäre, hätte er sie mitgenommen. Aber Joan wollte sie unbedingt bei Melissa auf der Ranch lassen. Immerhin war Melissa schon Mitte zwanzig, sie war kein Kind mehr."

May schweigt kurz. „Versteht mich nicht falsch, Livias Mutter hat ihre Tochter ebenfalls wie ihren Augapfel gehütet. Denn wisst ihr, sie war ihr einziges Kind."

„Und was ist mit Esta und Iris?", hake ich nach.

„Sie waren nicht Joans Töchter, sie war ihre Stiefmutter. Wayne war zuvor schon mal verheiratet gewesen, aber Estas und Iris' Mutter war an Krebs gestorben."

„Also war Livia nur ihre Halbschwester", stelle ich fest.

„Ja", erwidert May. „Joan war etliche Jahre jünger als Wayne. Sie war so glücklich, endlich ein eigenes Kind zu haben. Jeden Tag hat sie Livia hübsch herausgeputzt. Ihre Locken, die waren nicht echt, oh nein. Joan hat der Kleinen jeden Abend die Haare gemacht. Ich habe mir immer gedacht, es wäre schön, wenn sie sich auch mal ein bisschen Zeit für Iris genommen hätte. Iris hatte schütteres, glattes Haar und ein spitzes Gesicht, aber sie war auf ihre Weise trotzdem hübsch. Esta hingegen war so ein unattraktives Mädchen. Sie konnte ja nichts dafür, aber sie besaß, was wir immer ein Puddinggesicht nannten. Und sie war groß und kräftig für ihr Alter. Irgendwie linkisch."

„Hat es Iris und Esta etwas ausgemacht, dass sich alles um Livia gedreht hat?"

„Esta auf jeden Fall. Ich bin nicht sicher, ob Iris das schon so mitbekommen hat. Sie war völlig verrückt nach Pferden und hat die meiste Zeit im Stall verbracht. Ich weiß noch, wie ich dachte – nachdem ihre Eltern bei dem Unfall umgekommen waren und ihre Tante sie mit nach England genommen hat –, dass Iris wenigstens Trost durch all die Pferde dort finden würde."

„Aber Esta war eifersüchtig?"

„Oh ja, Esta war extrem eifersüchtig auf Livia. Ich habe mehr als einmal mitbekommen, wie sie die Kleine in den Dreck geschubst hat, wenn sie sich unbeobachtet fühlte." May seufzt. „Esta hat auch Iris drangsaliert und ich glaube, die beiden jüngeren Mädchen hatten richtig Angst vor ihr. Das ist doch grauenvoll, wenn man sich vor seiner eigenen Schwester fürchtet."

„Und an dem Tag als Livia verschwand – was ist da passiert?", fragt Van ungeduldig. Er wirkt angespannt.

May lässt sich mit ihrer Antwort lange Zeit. „Esta hatte an diesem Nachmittag richtig schlechte Laune. Schon das ganze Mittagessen über hat sie sich ständig über irgendetwas beschwert. Sie fand es ungerecht, dass sie sich um ihre beiden kleinen Schwestern kümmern sollte, während sich Melissa bei einem Ausritt amüsierte. Livia konnte nämlich auch ganz schön anstrengend sein und an diesem Tag war sie besonders quengelig. Vermutlich, weil sie ihre Eltern vermisste, denke ich."

Mays von einem Netz aus blauen Venen überzogene Hand zittert. Als sie ihre Teetasse abstellt, klappert sie auf der Untertasse. „Esta erzählte später, dass sie einen Spaziergang gemacht hätten", fährt sie mit schwacher Stimme fort. „Ich habe ja immer vermutet, dass sie sich zu der alten verlassenen Hütte ganz am Ende des Weges geschlichen haben. Für Esta war sie so etwas wie ein Spielhaus und hin und wieder zwang sie Iris, sie dorthin zu begleiten."

„Diese Hütte gibt es immer noch", sage ich. „Van und ich waren neulich dort."

„Oh, wirklich?", gibt May zurück. „Nun ja, den Mädchen war es jedenfalls verboten, in diesem Sommer dorthin zu gehen. Und wenn man Esta glauben will, haben sie sich auch an das Verbot gehalten. Aber Esta hatte es, wenn ich ehrlich sein soll, mit der Wahrheit noch nie so genau genommen. Sie hat behauptet, sie hätten an dem kleinen Strand zum Ende des Weges hin gespielt, aber dann seien Iris und Livia zurück zu ihrer Blockhütte gegangen. Esta schwor, dass die beiden gemeinsam gegangen waren, während sie noch eine Weile am Strand blieb. Sie sagte, als sie zur Hütte zurückgekommen sei, habe sie Iris schlafend im Bett vorgefunden. Sie weckte angeblich ihre Schwester und fragte sie, wo Livia sei, doch Iris hatte keine Ahnung."

„Dann hat diese Esta ihre Aussage geändert", stellt Van fest. „Sie hat doch behauptet, sie habe Livia in Opas Pick-up sitzen sehen."

„Ja, das hat sie behauptet", sagt May langsam. Ein Schatten legt sich über ihr Gesicht, die Falten in ihrer Haut erscheinen auf einmal viel tiefer. „Das war eine sehr verwirrende Zeit. Melissa wurde vollkommen hysterisch, als sie von ihrem Ausritt zurückkam. Sie machte sich unglaubliche Vorwürfe. Alle suchten fieberhaft nach Livia und dann kam natürlich auch noch mitten in der Nacht die grauenvolle Nachricht, dass die Eltern der drei Mädchen tödlich verunglückt waren. Die Polizei sagte, Wayne sei von seiner Spur auf die Gegenfahrbahn abgekommen. Er muss in einem schrecklichen Zustand gewesen sein, wo er doch wusste, dass Livia verschwunden war."

„Esta hat ihre Aussage geändert", beharrt Van ärgerlich. „Warum hat man ihr überhaupt geglaubt?"

May zögert, als würde sie ihre Worte sorgfältig abwägen. „Sie hat ihre Aussage nicht wirklich geändert. Sie hat das lediglich hinzugefügt. Esta hat immer darauf beharrt, dass Livia mit Iris zurück zur Hütte gegangen sei. Die Polizei meinte damals, es liege an dem Schock, den sie wegen all der schlimmen Ereignisse habe, dass ihre Erinnerungen bruchstückhaft kamen und gingen. Sie haben vielleicht geglaubt, dass Livia auf eigene Faust losgegangen ist, nachdem Iris eingeschlafen war, und dass

Esta sie in Hebs Pick-up gesehen haben musste, als sie selbst auf dem Weg zurück zur Hütte war."

„Und was hat Iris dazu gesagt?"

„Iris?" May runzelt die Stirn. „Sie hat ständig geweint. Sie war ja auch erst acht und völlig am Boden zerstört. Sie hat geschrien wie am Spieß, als die Polizei versucht hat, sie zu befragen."

„Also hing alles von Estas Aussage ab", grollt Van. „Was war mit Opa?"

„Er hatte Livia an dem Tag überhaupt nicht gesehen. Er hatte sich den Nachmittag freigenommen und war zum Angeln hinauf zum Marmot Lake gefahren. Er war nicht mal in der Nähe der Ranch. Das Problem jedoch war, dass niemand gesehen hat, wie er weggefahren ist. Und am Marmot Lake ist er auch niemandem begegnet, also gab es keinen, der ihm ein Alibi hätte geben können. Wir hatten für die folgende Woche eine große Gesellschaft erwartet, alle Unterkünfte waren voll belegt. Also habe ich den ganzen Nachmittag über gebacken, damit ich einen Vorrat an Kuchen und Muffins und so hatte, den ich einfrieren konnte. Daher habe nicht mal ich gesehen, wie er zum Marmot Lake losgefahren ist. Und auf der Ranch war es an dem Tag auch sehr ruhig. Die meisten Gäste waren wie Melissa ebenfalls bei dem Ausritt dabei. Als Heb zurückkam, war die Suche nach Livia schon in vollem Gange und er hat sich ihr sofort angeschlossen. Der Gedanke, dass ihr irgendetwas Schlimmes zugestoßen sein könnte, hat ihn furchtbar mitgenommen."

May starrt in ihre Teetasse. „Wir haben alle geglaubt, sie wäre ertrunken. Das war der naheliegendste Gedanke. Wir haben uns um den ganze See herum verteilt, unter jedem Bootssteg geschaut, an jedem Flecken mit Seegras oder Seerosen entlang des Ufers gesucht. Die Polizei hat den See sogar mit Schleppnetzen durchkämmt. Nicht eine Spur von ihr."

„Aber irgendwer muss Opa doch auf dem Weg zum Marmot Lake gesehen haben", beharrt Van.

„Zumindest hat sich niemand gemeldet." Mays Stimme zittert ein wenig. „Die Polizei hat ihn immer und immer wieder befragt. Sie haben ihm keine Sekunde Ruhe gelassen. Es lag ein hoher Erwartungsdruck auf den Beamten, die Öffentlichkeit wollte eine Verhaftung sehen. Aber sie konnten keine echten Beweise dafür finden, dass Heb etwas mit Livias Verschwinden zu tun hatte. Und dann fing das alles noch einmal von vorne an, fünfundzwanzig Jahre später. Da haben sie ihn noch mal in die Mangel genommen."

May wirkt sehr erschöpft. Es quält sie sehr, diese Erinnerungen noch einmal hervorzuholen, glaube ich. Ich weiß, wie schlimm es sein kann, über die Vergangenheit nachzudenken.

„Und das alles nur wegen Estas Aussage", knurrt Van. „Ich wette, sie *hat* Livia gar nicht bei Opa im Pick-up gesehen. Sie hat gelogen. Ganz sicher. Aber warum?"

Für einen Augenblick sagt keiner von uns etwas.

Dann erzählt May weiter. „Als endlich alles vorüber

war, haben wir beschlossen, trotzdem hier in der Gegend zu bleiben. Schließlich sind wir hier zu Hause und das sollte uns niemand nehmen. Dein Vater ist in diesem Haus aufgewachsen und hat uns viel Freude gemacht. Wir haben hier viele gute und schöne Jahre verlebt, aber dein Großvater ist nie über die Schande dieser Anschuldigungen hinweggekommen. Deswegen ist er auch so geworden, wie er jetzt ist: ein bisschen eigenbrötlerisch. Er wollte nie, dass ihr Enkelkinder davon erfahrt und deine Schwestern sollen auch weiterhin nichts darüber wissen. Es gibt keinen Grund, sie damit zu belasten. Und zu seinem eigenen Glück kann er sich an die Vergangenheit ohnehin nur noch selten erinnern. Das hat ihm etwas inneren Frieden verschafft." Erschöpft schließt May die Augen. „Wir haben viel besprochen und für heute ist es genug, Kinder. Ich glaube, ich werde mich jetzt ein wenig hinlegen."

Van streckt den Arm aus und drückt ihre Hand. „Vielen Dank, Oma."

Wir lassen May mit ihren Erinnerungen alleine. Ich fühle mich rastlos und mir ist mulmig zumute.

Eine Frage brennt mir unter den Nägeln.

Was ist aus Livia geworden?

•

An diesem Abend beschließe ich, noch einmal zu der verfallenen Hütte ganz am Ende des Weges zu gehen. Die Sonne ist bereits hinter den Bergrücken verschwunden und die Schatten werden immer länger. Riesige Mückenschwärme stehen in der Luft. Trotzdem gibt es da etwas, das ich gern überprüfen möchte.

Das Licht in der Hütte ist schummrig, aber es ist gerade noch hell genug, damit ich sehen kann, was ich sehen wollte. Ich schaue mir die Buchstaben, die in den hölzernen Türrahmen geritzt wurden, ganz genau an. Ich fahre mit dem Finger das *S* nach und das *T* und auf einmal kann ich auch den ersten Buchstaben entziffern, obwohl er halb von dem aufgequollenen Holz verschluckt wurde. *E*.

Ich lese mir das Wort laut vor. „Esta."

Zwölf

Es hat sich herausgestellt, dass ich Storm doch nicht für den Rest seines Lebens geschädigt habe. Die letzten beiden Tage habe ich ihm morgens einen Eimer mit Kraftfutter in den Round-Pen gestellt und das Gatter offen gelassen. Und als ich abends zurückkam, war der Eimer beide Male leer gefressen.

Jetzt sitze ich auf einem Hocker in der Sonne und bearbeite ein Reithalfter mit Sattelseife. Es sieht schön aus, wie sich das Leder verfärbt, bis es ein richtig sattes Dunkelbraun hat. Ich habe immer auch ein Auge auf Storm, aber ich versuche, ihn das nicht merken zu lassen. Gerade hat er den Kopf zwischen zwei Zaunlatten des Paddocks durchgesteckt und rupft umständlich sämtliche Grasbüschel aus, die er mit dem Maul noch erreichen kann. Nach einer Weile gibt er auf und trottet zum Round-Pen hinüber. Dort prüft er, ob in seinem Futtereimer, den er am Morgen bereits umgekippt hat, noch etwas drin ist. Er bekommt den Rand des Eimers mit den Zähnen zu fassen und schüttelt den Eimer hin und her.

Ich lege das Reithalfter beiseite und nähere mich ihm vorsichtig. Schließlich klettere ich in der Nähe des

Round-Pens über den Zaun vom Paddock. Ich schlüpfe hinein und schließe das Metallgatter. Storm sieht auf. Er steht auf der anderen Seite, genau mir gegenüber. Es sieht echt witzig aus, wie er den Eimer im Maul hat.

Das Seil hatte ich neulich an einem Zaunpfosten hängen gelassen, für den Fall, dass ich es noch mal brauche. Ich nehme es und stelle mich in die Mitte des Round-Pens, behalte Storm immer im Blick. Er lässt den Eimer fallen. Die Muskeln in seinem Rücken spannen sich sichtbar an. Er sieht aus, als wäre er fluchtbereit.

Ich habe gelesen, dass *weniger* Druck besser sei. Letztes Mal habe ich das Seil zu fest geworfen. Langsam und vorsichtig hebe ich den Arm mit dem Seil. Mehr nicht. Trotzdem fällt Storm sofort in den Galopp. Der Eimer verfängt sich zwischen seinen Hinterhufen. Wütend schlägt er aus und der Eimer kullert in die Mitte des Round-Pens.

Ich denke an das, was ich mir aufgeschrieben habe. *Kontrolliere die Bewegung.*

Ich hebe noch einmal den Arm, woraufhin Storm sofort schneller wird. Aber immerhin rast er nicht wieder völlig panisch herum, sondern galoppiert gleichmäßig und beständig. Ein breites Grinsen legt sich mir auf das Gesicht.

Er läuft drei- oder viermal um den Round-Pen herum, die Ohren flach angelegt und der Schweif peitscht hin und her. Alles Zeichen dafür, dass er sich seiner Sache nicht so sicher ist. Er richtet den Blick auf einen Punkt außerhalb des Round-Pens, als ob er wünschte, er wäre irgendwo anders, nur nicht hier drin bei mir. Trotzdem wird er allmählich langsamer und ich treibe ihn wieder an, indem ich das Seil sachte auf den Boden hinter seiner Hinterhand werfe.

Ich bin die Leitstute.

Jetzt. *Wechsle die Richtung.*

Ich trete Storm entgegen. In diesem Moment fängt alles an, komplett schiefzugehen. Er bricht vor mir zur Mitte hin aus, die Ohren ganz flach angelegt. Zweimal bockt er und wirft dabei Erdklumpen auf. Dann prescht er wieder zurück bis ganz außen an die Umzäunung.

Ich atme ein paarmal tief durch. Storm dreht noch zwei Runden um den Round-Pen. Seine Flanken glänzen bereits vor Schweiß.

„Wechsle die Richtung", sage ich zu mir selbst. Wieder gehe ich auf ihn zu. Er fällt in einen gestreckten Galopp und keilt seitlich aus, während er an mir vorbeirast. Ich bilde mir ein, den Windhauch im Gesicht spüren zu können, den seine Hufe hinterlassen. Mir zittern die Knie.

„Wenn du willst, dass er umkehrt, musst du dich auf seinen Kopf und seine Schulter konzentrieren", sagt eine sanfte Stimme hinter mir.

Jetzt erst bemerke ich, dass Marion Wilson außen am Zaun des Round-Pens steht.

„Bewege dich auf seine Schulter zu", rät sie mir. „Und halte deinen Arm hoch, versperre ihm den Weg."

Ich glaube, jetzt kapiere ich es. Storm ist in einen Arbeitsgalopp zurückgefallen. Als er sich mir wieder nähert, mache ich einen Schritt auf seine Schulter zu und hebe den Arm, der seinem Kopf am nächsten ist. Er stemmt seine Hinterhand in den Boden und schlittert, bis er zum Stehen kommt. Er wirbelt zur Einzäunung herum, macht einen gigantischen Bocksprung und prescht dann in die andere Richtung davon.

Ich werfe Marion einen triumphierenden Blick zu. Sie grinst und meint: „Fordere ihn weiter auf, die Richtung zu wechseln. Halte seine Konzentration auf dich gerichtet."

Beim nächsten Mal klappt es besser und beim darauffolgenden noch besser. Storms Wendungen werden geschmeidiger. Rechts herum und links herum. Er atmet jetzt hastig.

Auf einmal wendet er, ohne dass ich es von ihm verlangt hätte. „Wenn er das noch mal macht, schnalze mit dem Seil. Sag ihm Nein. Mach ihm klar, dass er einen Fehler gemacht hat. Er darf nur kehrtmachen, wenn du es willst."

Storm jagt einmal um den Round-Pen herum, dann stemmt er die Beine in den Boden und will wieder umdrehen. Ich klatsche mit dem aufgerollten Seil gegen mein Bein und rufe: „Nein!" Storm wirbelt herum und läuft weiter in die Richtung, in die er gerade schon gelaufen ist.

„So ist's gut", sagt Marion. „Und jetzt fordere ihn auf umzukehren."

Das mache ich. Er wendet.

Wechsle die Richtung. Es klappt!

Ich will noch nicht aufhören, aber Marion findet, dass er für heute genug hat. Ich verstehe, was sie meint: Nicht zu viel Druck machen. Ich wende den Blick von Storm ab und lasse die Schultern hängen. Dann kehre ich ihm den Rücken zu.

Hinter mir ist nichts zu hören außer Storms Atem. Ich schiele zu ihm herüber. Er steht reglos da, den Kopf von mir abgewandt. Seine Flanken heben und senken sich schnell.

„Gut gemacht", lobt Marion. Ich bin nicht sicher, ob sie mit mir oder mit Storm spricht. Auf einmal schäme ich mich für den schäbigen Anblick, den er mit seinem verklebten Fell und seiner verfilzten Mähne bietet. „Er lässt sich nicht anfassen", sage ich entschuldigend.

„Das wird er bald", meint Marion.

Wir gehen zusammen zum Stall zurück und lassen das Gatter zum Round-Pen offen stehen. Auf einmal sprudelt es nur so aus mir heraus und ich erzähle Marion von meinem vorherigen Versuch. „Vielen Dank für Ihre Hilfe", sage ich zu guter Letzt.

„Es braucht seine Zeit, bis man den Dreh raushat", erklärt Marion mir. „Du musst das weiter mit ihm üben. Suche dir Fixpunkte entlang der Einzäunung und lass ihn ganz genau an der Stelle umdrehen, an der du willst. Aber du darfst es auch nicht übertreiben. Weniger ist mehr."

Marion wartet auf mich, während ich das Zaumzeug

und die Dose Sattelseife wegräume. „Eigentlich war ich bloß gekommen, um dir zu sagen, dass Tully Eistee und selbst gebackene Kekse für alle auf der Veranda angerichtet hat“, sagt sie. „Er meinte, ich würde dich hier finden. Wahrscheinlich wundert er sich schon, wo wir bleiben.“

Den Eistee kann ich jetzt gut gebrauchen. Ich wische mir die staubigen Hände an der Jeans ab. „Marion, bitte erzählen Sie Dad nichts davon. Ich möchte noch nicht, dass er es erfährt“, sage ich auf dem Weg zur Lodge.

„Ich kann schweigen wie ein Grab“, erwidert Marion.

•

In den nächsten Tagen wohne ich schon fast im Stall. Ich versuche, die Tatsache zu verdrängen, dass Van noch nicht wieder vorbeigekommen ist. Vielleicht ist er immer noch durch den Wind wegen seines Großvaters. Vielleicht ist er deswegen sauer auf mich. Oder vielleicht hängt er auch bloß mit den Leuten aus seiner Jugendgruppe ab. Ich rede mir ein, dass es mir egal ist.

Mit Storm trainiere ich immer gleich frühmorgens, bevor es zu heiß dafür wird. Mittlerweile lässt er sich ziemlich willig mit einem Eimer Futter in den Round-Pen locken. Vielleicht hasst er mich ja doch nicht. Am dritten Tag jedoch passiert etwas ganz Neues. Anstatt mir das Hinterteil zuzudrehen, wenn er die Richtung wechselt, wendet er sich in die Mitte des Round-Pens – er wendet sich mir zu. Zuerst zucken seine Ohren noch vor und zurück, aber dann lässt er den Kopf hängen.

Ich bin mir sicher, das bedeutet etwas. Aber ich habe keine Ahnung, was.

•

Später an diesem Tag liege ich auf unserem Bootssteg und denke an Storm, da sehe ich Marion in ihrem kleinen blauen Boot über den See gefahren kommen. Sie fährt jeden Tag raus und bleibt oft stundenlang weg. Ich habe keinen blassen Schimmer, wohin sie fährt. Mittlerweile muss sie den ganzen See erkundet haben.

Ich kann mir überhaupt nicht vorstellen, ganz alleine in den Urlaub zu fahren, und ich frage mich, ob sie sich wohl einsam fühlt. Beim Abendessen reden wir immer nur über gewöhnliche Sachen wie die Schule oder wie die Renovierung der Hütten vorangeht. Ab und zu erzählt Tully auch noch ein paar Geschichten von seinen Reisen. Marion hat noch nie erwähnt, ob sie eine Familie hat.

Ich gehe rüber zu ihrer Hütte, um sie zu begrüßen. Sie lässt das Boot gegen den Steg stoßen, rafft ihr Lunchpaket und ihren Hut zusammen und klettert an Land. Sie bewegt sich nur langsam und ich erschrecke ein wenig, als ich sehe, wie ausgelaugt sie aussieht. Sie hat tiefe dunkle Ringe unter den Augen und ihr Gesicht wirkt eingefallen, anders weiß ich es nicht zu beschreiben. Sie macht das Boot an dem alten Reifen fest, der an einer Seite des Bootsstegs baumelt, lässt sich in einen der Liegestühle fallen und bedeutet mir, mich zu ihr zu setzen.

Ihre Miene hellt sich ein wenig auf, als ich ihr berichte, dass Storm sich mir mittlerweile zuwendet und mich anschaut, während er wendet, anstatt mit sein Hinterteil zuzukehren.

„Das ist ein gutes Zeichen, Thea“, meint sie. „Er zeigt jetzt mehr Respekt vor dir. Er konzentriert sich auf dich. Ich komme morgen mal rüber und schaue euch zu, ja?“

„Das wäre super“, jubele ich.

Da ist noch etwas anderes, was ich ihr gerne zeigen würde. Etwas, das ich ganz zum Schluss mit Storm geübt habe. Etwas, von dem ich ihr noch nichts erzählt habe. Ich will sie damit überraschen.

•

Storm steht ganz ruhig im Round-Pen und schaut zwischen den Metallstreben hindurch nach draußen, wie immer. Ich habe mit ihm gerade einmal alle Gangarten durchgearbeitet. Seine Wendungen waren geschmeidig und ohne Ausnahme nach innen gewandt. Jetzt ruht er sich ein wenig aus.

Ich mache mit den Lippen ein Geräusch wie beim Küssen. Er wendet mir den Kopf zu und sieht mich an. Dann schaut er wieder weg.

Ich wiederhole das Kussgeräusch. Er dreht sich wieder zu mir um und wir haben direkten Blickkontakt. Diesmal hält er ihn für zwei, drei Sekunden, dann erst wendet er sich wieder ab.

Beim nächsten Versuch hält er den Blickkontakt noch

länger, für mindestens zehn Sekunden. Ich hab das Gefühl, wir können einander direkt in die Seele schauen. Ein Kribbeln läuft mir über den Nacken.

Auf einmal macht Storm zwei Schritte und wendet sich mir so zu, dass wir einander direkt gegenüberstehen.

Ich gehe ein paar Schritte zur Seite. Zuerst wendet Storm mir nur seinen Kopf zu, doch dann macht er tatsächlich ebenfalls einige Schritte, um mit mir auf gleicher Höhe zu bleiben. Erleichtert atme ich auf. Marion hat ein breites Grinsen auf dem Gesicht. „Das ist ein fantastischer Fortschritt, Thea. Absolut fantastisch!"

Ihr Lob wärmt mich von innen heraus.

Aber der Mensch, dem ich das am allerliebsten zeigen möchte, ist Dad.

Dreizehn

Irgendwo hat Tully eine Kiste mit alten Fotos von der Ranch ausgegraben. Sie sehen denen in den Gästebüchern sehr ähnlich, es sind alles grobkörnige Schwarz-Weiß-Aufnahmen. Tully meint, dass sie wohl mit einer Sofortbildkamera aufgenommen wurden, so einer, bei der man das Bild am Rand aus der Kamera zieht und dabei zusehen kann, wie es sich entwickelt. Er schätzt, dass sie etwa fünfzig oder sechzig Jahre alt sein müssten.

Wir schauen sie uns gemeinsam an, Tully, Dad, Marion und ich. Da sind Fotos von einem Haufen Leute, die sich auf einen Heuwagen quetschen, die reiten, in Booten sitzen oder Hufeisenweitwurf spielen. Auf einem ist eine groß gewachsene junge Frau mit einer Schürze und ich frage mich, ob das wohl die junge May ist.

Wir geben die Fotos reihum herum. Marion ist dabei seltsam still. Sie lässt sich mit jedem Bild sehr lange Zeit, schaut es aufmerksam an, als ob sie nach irgendetwas darauf suchen würde. Schnell bildet sich ein kleiner Stapel auf der Armlehne ihres Sessels.

Ich halte abrupt inne, als ich zu einem Bild mit einem

kleinen Mädchen komme, das auf einem Pony sitzt. Ein Mann hält das Tier an einem Führstrick fest. Ich erkenne die beiden sofort wieder. Eine Gänsehaut überzieht meine Arme. Ich komme mir vor, als wäre ich einem Geist begegnet. „Das ist Livia Willard", keuche ich. „Mit ihrem Vater."

Tully sieht mich verständnislos an. „Wer?"

Ich erzähle den dreien Livias Geschichte, wie ich den Zeitungsausschnitt im Gästebuch gefunden habe und dass Van und ich im Heimatmuseum waren. Nur die Sache mit Vans Opa verschweige ich und das, was May uns berichtet hat. Ich bin mir nicht sicher, ob es Van recht wäre, wenn noch jemand davon wüsste.

„Wie traurig", seufzt Dad. „Ob sie wohl ertrunken ist?"

„Man hat den See mehr als einmal gründlich abgesucht", berichte ich. „Aber sie haben nie eine Spur von ihr gefunden."

Tully ist sichtlich erschüttert. „Dann muss sie jemand entführt haben. Wenn ich nur daran denke, dass so etwas *hier* passiert ist ... Das arme Kind. Wie grauenvoll!"

Marion sagt nichts, aber ich merke genau, dass sie sehr aufmerksam zuhört. Ihre Hände, die mit einem Foto zwischen den Fingern in ihrem Schoß liegen, hält sie vollkommen regungslos.

Auf einmal steht sie auf und murmelt etwas davon, dass sie sich den Rest der Bilder wann anders anschauen wird. Ihr Gesicht ist leichenblass und schon wieder habe ich den Eindruck, dass es ihr ganz und gar nicht gut geht.

Und das tut es auch nicht. Sie hat starke Kopfschmerzen, Migräne, behauptet sie, und möchte heute früh zu Bett gehen.

•

Nachdem Marion zu ihrer Hütte gegangen ist, vibriert mein Handy. Eine SMS von Van.

„Kann ich am Freitag mit Van zu einer Party gehen?", frage ich Dad.

„Bei wem?", will er wissen.

„Bei einem Mädchen namens Lindsay." Dad runzelt ein wenig die Stirn, deswegen füge ich hinzu: „Sie ist in der Jugendgruppe der Baptistengemeinde und wohnt auf einer Ranch hier irgendwo in der Nähe. Vans Vater würde uns auch mit dem Wagen hinbringen und wieder abholen."

„Wann wärst du zurück?"

„Vans Vater holt uns um elf wieder ab."

„Und wird auch irgendein Erwachsener dort sein?"

„Lindsays Eltern." Ich hab zwar keine Ahnung, ob das stimmt, behaupte es aber trotzdem.

Eigentlich sind Partys nicht so mein Ding und normalerweise versuche ich, um jeden Preis zu vermeiden, zu einer gehen zu müssen. Aber auf einmal erscheint es mir superwichtig, dass Dad mir erlaubt, zu dieser hier zu gehen.

„Okay", meint Dad schließlich.

Ich simse Van die gute Neuigkeit. Auf einmal bin ich so

kribbelig vor Aufregung, dass ich am liebsten anfangen würde zu tanzen.

•

Heute hat Storm keine Lust, irgendetwas richtig zu machen. Er stemmt seine Hufe fest in den Boden und steht einfach nur wie angewurzelt da. Ich muss das Seil mit Nachdruck werfen, sodass das Ende leicht gegen seine Fesseln klatscht. Er schlägt danach aus. Und dann bockt er einmal um den ganzen Round-Pen herum.

Jetzt schmollt er erst einmal und starrt zwischen den Zaunstreben hindurch, als würde er seine Flucht planen.

Ich versuche es mit dem Kussgeräusch.

Er ignoriert mich geflissentlich.

Mir ist heiß, ich bin ganz staubig und im Moment hasse ich das Pferdetraining von ganzem Herzen. Ich habe so was von genug von Storm und seinen Launen. Irgendetwas in mir sagt mir, ich sollte besser aufhören, bevor ich etwas tue, das ich bereuen könnte.

Storm hebt den Schweif und lässt einen riesigen Haufen Pferdeäpfel fallen.

Trotz allem bringt mich das zum Lachen. „Okay, du hast gewonnen“, sage ich zu ihm. „Aber nur für heute.“

Vierzehn

Am Freitagabend lässt Vans Vater uns in der Auffahrt zu einem riesigen Blockhaus raus. Van klingelt und das Mädchen, das uns öffnet, erkenne ich aus der Schule wieder.

„Hi, Lindsay", meint Van. „Das ist Thea."

„Hi", erwidert Lindsay. Sie hat langes blondes Haar und sieht einfach umwerfend aus. „Wird aber auch Zeit, dass ihr kommt. Herein mit euch, alle anderen sind schon unten."

Van weiß, wo „unten" ist. Ich folge ihm hinein und eine schmale Treppe hinab. Ungefähr zwanzig Leute in unserem Alter sitzen über einen großen Partykeller verteilt in Sesseln oder auf Kissen am Boden. Sie reden und lachen. An einem Ende des Raumes stehen eine Tischtennisplatte und ein großer Flachbildfernseher. Pizzakartons, Schüsseln voller Kartoffelchips sowie große Platten mit Gemüsesticks und Dips sind auf einem Tisch angerichtet.

Van stellt mich der ganzen Runde vor, aber ich glaube nicht, dass ich mir auch nur annähernd die Hälfte der Namen werde merken können. Für ein paar Sekunden starren mich alle an. Ich habe das Gefühl, dass mein Lächeln hölzern wirkt, und bereue schon, dass ich überhaupt hergekommen bin. Wahrscheinlich sind alle hier echt gute Freunde. Ich komme mir wie ein Alien vor.

Van holt sich ein Stück Pizza, aber ich weiß, dass ich keinen Bissen herunterbekommen würde, deswegen nehme ich mir bloß eine Sprite aus einer der Kühlboxen. Ich könnte mir selbst in den Hintern beißen, weil ich so nervös bin, aber ich kann nichts dagegen machen. Das hier sind alles gläubige Christen.

Was zum Teufel mache ich hier?

Alle Sessel sind schon besetzt, daher lassen Van und ich uns mit dem Rücken zur Wand auf dem Boden nieder.

Ein Junge mit blonden Dreadlocks verwickelt Van in ein langes Gespräch über Boote. Ich nippe an meiner Limo und tue so, als würde ich interessiert zuhören. Um ehrlich zu sein, bin ich ziemlich überrascht. Nicht dass ich schon auf vielen Partys gewesen wäre, aber diese hier scheint ziemlich normal zu sein. Keine Ahnung, was ich erwartet hatte. Kirchenlieder? Gebete?

Irgendwer fordert Van zu einer Partie Tischtennis auf. „Ist das okay für dich?“, fragt er mich.

„Logisch“, gebe ich zurück. „Ich komm schon klar.“

Um mich herum unterhalten sich alle, aber ich habe keinen Schimmer, was ich tun könnte, um mich in die Gespräche einzuklinken. Es geht immer um dieselben Sachen: Computer, Musik, Partys, Pläne für die Sommerferien. Langsam komme ich mir ganz schön dämlich vor, einfach nur dazusitzen und nichts zu sagen. Ich schiele zu Van hinüber. Er spielt ein Doppel mit einem gedrungenen, rothaarigen Jungen, der glaube ich Mike heißt. Am anderen Ende der Tischtennisplatte stehen Lindsay und noch ein anderes Mädchen. Alle vier lachen und kreischen viel. Van klatscht Mike ab, als sie ein Spiel gewinnen.

Ich stehe auf, stelle meine leere Dose auf einem Tisch ab und steuere auf eine Tür zu. Ich bin mir sicher, dass nicht mal einer bemerkt, wenn ich mich verdrücke.

Ich schlüpfe hinaus in den Garten. Heute ist Vollmond, deshalb ist es draußen richtig hell. Ich atme die frische Nachtluft tief ein. Auf einmal bemerke ich, dass ich nicht die Einzige draußen im Garten bin. Ein Mädchen sitzt auf den Verandastufen. Sie hat dunkelbraune Haare mit roten Strähnchen, die in fedrigen Stufen ihr Gesicht einrahmen. Sie hat ein Piercing in der Unterlippe. Und eine Kippe in der Hand.

Früher hat Dad eine ganze Packung am Tag geraucht. Das habe ich gehasst! Wie seine Klamotten immer nach Rauch gestunken haben und seine Finger ganz gelb vom Nikotin waren. Mal ganz zu schweigen davon, dass ich höllische Angst davor hatte, er würde Krebs bekommen. Vermutlich steht mir genau das gerade mitten ins Gesicht geschrieben, denn das Mädchen wedelt mit der Zigarette in der Luft herum. „Sorry“, meint sie nur.

Ich zucke mit den Schultern. „Ist ein freies Land.“ Ich schätze mal, ich sollte erklären, warum ich hier draußen bin und dass ich ihr nicht hinterherschnüffele. „Mir war nur nach ein wenig frischer Luft“, murmele ich.

Das Mädchen wirft einen Blick auf ihre Zigarette, dann fangen wir beide an zu kichern. „Ich bin Chloe“, sagt sie.

„Und ich Thea.“

„Weiß ich“, erwidert Chloe. Sie macht eine einladende Geste mit der Hand. „Setz dich.“

Also setze ich mich neben sie auf die Stufe. „Du bist mit Van hier“, stellt sie fest.

„Genau.“

„Seid ihr zusammen?“

„Nein!“, rufe ich hastig. „Wir sind nur Freunde.“

„Hmmmm.“ Chloe mustert mich abschätzend. Sofort fangen meine Wangen an zu glühen. „Er ist noch zu haben, weißt du.“

„Was soll das denn jetzt heißen?“

„Er und Lindsay haben vor ein paar Monaten Schluss gemacht.“

Van war mit Lindsay zusammen? Ich versuche, meine Gesichtszüge unter Kontrolle zu halten, damit sie mich nicht verraten, ich weiß gerade nicht genau, was das mit mir macht. Lindsay sieht so toll aus und sie scheint extrem beliebt zu sein.

„Wir sind nur Freunde“, beharre ich.

Chloe nimmt einen letzten Zug, dann lässt sie ihre Zigarette auf die Erde fallen und drückt sie mit der Spitze ihres Sneakers aus. Sie klaubt den Stummel vom Boden auf und legt ihn ordentlich neben sich auf die Stufe.

„Eigentlich rauche ich nicht mal mehr annähernd so viel wie früher", erklärt sie. „Na ja, aber das hier ist 'ne Party, weißt du ..." Sie grinst breit. Ihre weißen Zähne stehen im Kontrast zu ihrer olivfarbenen Haut. „Van sagte, du stehst auf Pferde."

Van hat von mir erzählt?

„Früher bin ich ständig geritten", antworte ich. „Ich bin mehr oder weniger mit Pferden aufgewachsen."

„Ich auch", sagt Chloe. „Ich reite fast jeden Tag. Und hast du jetzt wieder ein Pferd?"

„Nein. Aber man könnte sagen, ich leihe mir eins."

„Meinst du wie bei einer Reitbeteiligung?"

„Nicht ganz." Auf einmal fange ich wirklich an, ihr von Storm zu erzählen. Darüber, wie ich mit ihm im Round-Pen arbeite und dass er langsam anfängt, mit mir Blickkontakt aufzunehmen. Ich rede mehr, als ich eigentlich gewollt habe, und breche schnell verlegen ab, als mir das klar wird. Am Ende hält Chloe mich noch für eine Quasselstrippe.

Aber sie sieht mich nur fasziniert an.

„Den würde ich ja gern mal sehen", sagt sie. „Vielleicht kann ich ja die Tage mal zu euch herübergeritten kommen." Jetzt wirkt Chloe auf einmal verlegen. „Also, nicht dass ich aufdringlich sein möchte oder so ...", murmelt sie.

„Nein, das wäre super", antworte ich. „Komm vorbei, wann immer du magst."

In diesem Moment kommt Van raus, die Fliegengittertür fällt lautstark hinter ihm zu. „Ach, hier bist du. Ich hab dich schon überall gesucht. Du bist dran beim Tischtennis." Er lächelt Chloe an. „Hi, Chloe."

„Hi", grüßt sie zurück. Dann hebt sie beide Hände. „Siehst du, keine Zigarette!"

„Wir versuchen, sie zum Aufhören zu bewegen", erläutert Van.

„Ja, Mutter", erwidert Chloe. „Warte noch kurz", sagt sie zu mir. „Handynummer?" Wir tauschen unsere Nummern aus und speichern sie direkt in unseren Handys ab. Dann stößt Chloe mich sachte mit dem Fuß an und ich rapple mich hoch. Ich werfe ihr noch einen Blick über die Schulter zu, als Van und ich reingehen, und sie ruft mir ein lautloses: „Er steht auf dich", hinterher.

Sie grinst verschmitzt. Sie hat einfach ein tolles Lachen. Absolut ansteckend. Also grinse ich zurück.

•

Ich verliere mich regelrecht in dem Tischtennisspiel. Als ich einen besonders spektakulären Schmetterball hinlege, kreischen alle vor Begeisterung und ich höre mich selbst ebenfalls jubeln. Irgendwann legt jemand einen Film in den DVD-Player und Van und ich quetschen uns nebeneinander an das Ende einer langen Couch. Es ergibt sich nicht noch mal die Gelegenheit, mit Chloe zu sprechen, aber unsere Blicke treffen sich einmal kurz, als ich mich im Partykeller umschaue, und sie lächelt mich an. Als ich später nach ihr Ausschau halte, kann ich sie nirgends entdecken. Sie muss wohl schon nach Hause gegangen sein.

Vans Vater holt uns um Punkt elf wieder ab. Ich bedanke mich bei Lindsay und ihrer Mutter, die die ganze Zeit oben im Wohnzimmer verbracht hat und aussieht, als wünschte sie, es würden endlich alle gehen. Auf der Fahrt schlafe ich ein und bekomme nur noch mit, wie Van mich sanft an der Schulter rüttelt, als wir bei der Lakeview-Ranch angekommen sind.

„Bis bald", meint er, während ich aussteige.

„Ja, bis dann!"

•

Ich kann nicht schlafen! Wie kann man einerseits so todmüde und gleichzeitig absolut hellwach sein? Eine ganze Stunde wälze ich mich von einer Seite zur anderen. Mein Handy summt. Ich habe eine SMS von Chloe. Sie will bloß Hallo sagen. Sie kann wohl auch nicht schlafen. Ich antworte ihr. Dann liege ich einfach nur da und denke eine Weile über Van nach. Wie es ihm wohl geht wegen der Sache mit seinem Großvater? Heute Abend hatten wir keine Gelegenheit, darüber zu reden. Es waren immer zu viele Leute um uns herum.

Irgendwann stehe ich schließlich auf und ziehe mir Jeans und T-Shirt an. Dann schlüpfe ich in meine Turnschuhe, schließe die Tür ganz leise hinter mir und bleibe einen Augenblick lang einfach nur auf der Veranda stehen. Es ist immer noch sehr hell draußen. Ein silberner

Streifen Mondlicht schimmert auf der glatten Oberfläche des schwarzen Sees. Eine Fledermaus flattert lautlos an mir vorbei. Schließlich mache ich mich auf den Weg in den Stall.

•

Es kommt mir so vor, als würden wir irgendeine Art von Tanz aufführen. Nur Storm und ich. Wann immer ich mich bewege, macht er es mir nach. Und er bewegt sich immer so, dass er mir direkt gegenübersteht. Die Ohren hat er aufmerksam aufgestellt und seine Augen schimmern dunkel und sanft im Mondlicht.

Ich habe das Gefühl, ein unsichtbares Band verbindet uns. Wenn ich einen Schritt zurück mache, geht er einen Schritt vor. Wenn ich mich zur Seite drehe, wendet auch er sich in dieselbe Richtung.

Er lässt mich nicht aus den Augen, keine Sekunde lang.

Als ich ihm den Rücken zukehre und im Round-Pen herumlaufe, höre ich an dem dumpfen Klappern seiner Hufe auf dem Erdboden, dass er mir folgt.

„Irgendwann wird er begreifen, dass er nirgendwo sonst als an deiner Seite sein möchte", hatte Marion mir erklärt.

Aber sie hat mir nicht verraten, wie sich das anfühlen würde, wenn es so weit ist.

Ich wende mich ihm wieder zu. Storm bleibt stehen und sieht mir direkt in die Augen. Ich mache das Kussgeräusch und er kommt noch einen Schritt weiter auf mich zu.

Ich schnalze noch einmal.

Er macht noch einen Schritt auf mich zu. Jetzt ist er so nah, dass ich ihn anfassen könnte.

Diesmal tue ich es.

Ich kraule ihm sanft die Stirn.

Ein Schauer lässt seine Haut kräuseln, läuft am Hals entlang den Rücken hinunter bis zu den Flanken.

Aber Storm bewegt sich keinen Millimeter von mir weg.

Fünfzehn

Als ich zurück in die Hütte komme, ist Dad wach. Er kocht Kakao in unserer winzigen Küche. Er fragt nicht, wo ich gewesen bin, aber er mustert mich genauestens. Mir ist klar, dass einzelne Halme Heu an meinen Turnschuhen hängen und meine Klamotten nach Storm riechen. Ich platze fast vor Glück darüber, was sich gerade zwischen Storm und mir abgespielt hat. Ich wünsche mir nichts mehr, als es Dad zu erzählen.

Aber mir bleiben die Worte im Hals stecken. Plötzlich, aus irgendeinem blöden Grund, muss ich an Mum denken und ich stelle mir vor, wie es wäre, es auch ihr zu erzählen.

Mum, an die ich so verzweifelt nicht zu denken versuche. Mum, die Pferde so sehr geliebt hat, wie ich es auch tue. Mum, die alles kaputtgemacht hat, als sie uns verlassen hat.

Ich muss schlucken. Es ist schon so lange her, dass Dad und ich uns mal so richtig unterhalten haben. Über irgendwas von Belang. Oder über irgendwas überhaupt. Ich bin mir nicht sicher, ob ich überhaupt noch weiß, wie das geht.

„Willst du auch Kakao?“, fragt er.

„Nein, danke“, gebe ich zurück.

Ich habe das Gefühl, auf der Stelle festgefroren zu sein. Die alte Uhr an der Wand tickt lautstark. Es ist schon halb vier. Wir sind beide mitten in der Nacht auf. Eigentlich sollten wir uns so viel zu sagen haben.

Ich wünsche mir, dass Dad es wissen will. Ich möchte, dass er fragt: „Wo warst du? Was ist passiert?“

Aber das tut er nicht. Stattdessen meint er: „Wir bleiben nicht hier, vergiss das nicht. Nicht länger als bis zum Ende des Herbstes.“

Das ist Dads Art, mir zu sagen, dass er über Storm Bescheid weiß. Dass er nicht möchte, dass ich mein Herz an irgendetwas hier hänge. Zu spät. Auf einmal steigen mir Tränen in die Augen. Für eine überwältigende Sekunde hasse ich Dad. Ich hasse ihn wirklich.

„Ich will nicht, dass du hinterher enttäuscht bist“, fügt er hinzu.

Vielen Dank. Schon kapiert. Mit versteinerter Miene starre ich durch ihn hindurch.

Dad geht zurück in sein Schlafzimmer und schließt die Tür hinter sich.

Ich halte mir die Hände vors Gesicht und atme Storms Duft ein. Ich hatte gerade das tollste Erlebnis meines Lebens. Warum fühle ich mich jetzt so scheiße?

•

Am nächsten Tag will ich die Knoten in Storms Mähne

angehen. Ich hake mit den Fingern in die verfilzten Strähnen hinein und versuche, die rauen Haare auseinanderzuziehen. Die schlimmsten Knoten schneide ich mit einer Schere raus. Für einen Augenblick überlege ich, ob ich die Flasche Mähnenpflege aus der Sattelkammer holen soll, aber die ist schon alt und höchstwahrscheinlich vollkommen eingetrocknet. Ich versuche mir zu merken, dass ich unbedingt noch mal in den Reitsportladen muss, um Pferdeshampoo und Mähnenpflege zu kaufen.

Vorhin hat Marion mir hier einen Besuch abgestattet und Storm bewundert. Ich habe ihr gezeigt, wie er neuerdings zulässt, dass ich ihn berühre. Mittlerweile kann ich mit der flachen Hand über seinen gesamten Körper fahren, an seinen Beinen entlang, ihn unter dem Bauch und sogar an seinen Ohren berühren. Wir haben gemeinsam überlegt, was ich als Nächstes versuchen sollte.

Storm erträgt die Prozedur geduldig, er schlägt lediglich manchmal mit dem Schweif, um die Fliegen zu vertreiben.

Als ich seine Mähne in etwa halb durchgearbeitet habe, werden meine Finger langsam lahm. Mir klebt vor Schweiß das T-Shirt am Rücken. Einhaken und auseinanderziehen. Ich flüstere Storm Entschuldigungen ins Ohr, aber er lässt nur entspannt den Kopf hängen und hat die Augen halb geschlossen.

Der Mähnenkamm verheddert sich und ein Plastikzinken bricht heraus. Ich trete einen Schritt zurück, um kurz zu verschnaufen. Auf einmal erscheint ein Bild vor meinem geistigen Auge, das mich kalt erwischt. Mum steht neben mir und ihre langen, sonnengebräunten Finger flechten geschickt einzelne Strähnen von Montys Mähne ein und sichern die Enden mit winzigen schwarzen Gummis. Meine eigenen unbeholfenen Versuche und dann nehmen Mums Hände meine und führen sie sanft.

Ist das je wirklich passiert? Ich habe diese Erinnerungen so lange von mir weggeschoben, dass ich gar nicht mehr weiß, welche davon echt sind und welche nicht. Ich versuche, den Kloß in meinem Hals herunterzuschlucken.

Ich konzentriere mich auf Storm, begutachte ihn gründlich. Man kann nicht unbedingt sagen, dass sein Fell jetzt glänzt. Ich weiß, dass es noch Tage dauern wird, bis ich all den Staub aus ihm herausgebürstet haben werde und es schön zu schimmern anfängt. Aber er sieht schon mal sehr viel besser aus als früher.

Meine Arme, meine Haare und meine Klamotten sind von einer Schmutzschicht überzogen. Meine Hände sind schwarz vor Dreck. Noch eine halbe Stunde, sage ich zu mir selbst, und dann lasse ich es für heute gut sein.

Der Gedanke daran, in den klaren, kühlen See zu springen ist einfach zu verlockend.

Sechzehn

Nach dem Mittagessen kommt Van vorbei und wir fahren mit seinem Boot raus auf den See. Er stellt den Motor ab und wir lassen uns im Sonnenschein treiben. Eine Zeit lang quatschen wir über die Party.

„Chloe mag dich", stellt Van fest. „Sie hat ein ziemlich beschissenes Leben und kann vermutlich gut eine Freundin gebrauchen."

„Was ist los mit ihrem Leben?", will ich wissen.

„Ihr Vater ist vor ein paar Jahren abgehauen. Jetzt lebt sie mit ihrer Mutter und deren neuem Freund zusammen, den sie nicht ausstehen kann. Er ist ein echter Vollpfosten."

„Warum? Was macht er?"

Van zuckt mit den Schultern. „Keine Ahnung. Er ist einfach nur ein Arsch. Schikaniert sie wegen jeder Kleinigkeit und ist dauernd besoffen."

„Klingt echt mies." Ich muss an Chloes ansteckendes Lachen denken. Also ist sie anscheinend auch ziemlich gut darin, ihre wahren Gefühle zu verschleiern. „Und was ist mit Chloes Mum? Steht die wenigstens hinter ihr?"

„Chloes Mutter ist es so ziemlich egal, was ihre Tochter

macht, solange es keinen Ärger gibt. Die kratzt es nicht mal, dass Chloe raucht."

Mein Dad würde ausflippen, wenn er mich mit einer Zigarette erwischen würde. Und er hat ungefähr eine Million Fragen gestellt, bevor er mir erlaubt hat, zu Lindsays Party zu gehen. Irgendetwas in mir verändert sich. Ein kleines bisschen. Vielleicht ist mein Leben ja doch nicht so schlecht, wie ich dachte.

„Chloe verbringt die meiste Zeit des Tages mit Reiten. Ich weiß gar nicht, wie sie überleben könnte, wenn sie ihr Pferd nicht hätte", meint Van.

„Sie will demnächst mal zu mir rübergeritten kommen", erzähle ich ihm.

„Das ist super", erwidert Van und es hört sich so an, als ob er es wirklich so meint. Ich frage mich, ob sich die Leute aus der Jugendgruppe über jeden von ihnen derart sorgen.

Ich fahre mit beiden Daumen von unten unter meine Haare, hebe sie von meinen Schultern und zwirbele sie zu einem Zopf hoch. Ich habe nämlich vor, schwimmen zu gehen. Die ganze Zeit über hatte Van sich auf der Bank zurückgelehnt, den Schirm seiner Baseballkappe über den Augen, aber jetzt setzt er sich auf und rückt die Kappe zurecht. Er hat auch Lust zu schwimmen.

„Es gibt eine gute Stelle zum Anlanden auf der Geisterinsel", meint er.

Wir brauchen bloß ein paar Minuten bis zur Insel. Van stellt den Motor ab und hebt die Schraube aus dem Wasser. Dann manövriert er das Boot zwischen zwei umgestürzten Bäumen hindurch, die vom Ufer ins Wasser hineinragen. Er macht das Boot an einem Ast fest und wir klettern raus. Wir müssen ein Stück über glatt geschliffene, glitschige Felsen klettern, bevor wir an Land gelangen.

Die Insel ist klein und mit knorrigen abgestorbenen Bäumen bewachsen. Trockene Zweige bedecken den Boden. Sie sind spitz und scharfkantig, deswegen müssen wir aufpassen, wo wir barfuß hintreten. Van zeigt mir eine Burg, an der er jahrelang gearbeitet hat. Er macht einen auf beleidigt, als ich sage, dass sie lediglich wie ein beliebig aufgeschichteter Haufen Zweige aussieht. Er greift mitten hinein und holt ein schmutziges altes Marmeladenglas mit einem verrosteten Deckel hervor.

„Hier habe ich immer Nachrichten drin hinterlassen", erzählt er mir mit einem Grinsen.

Van zieht sein T-Shirt aus. Ich habe zwar meinen Bikini unter meinen Klamotten an, aber es ist mir trotzdem unangenehm, mir vor ihm T-Shirt und Shorts auszuziehen. Wir waten von einem kleinen Stück grasbewachsenen Ufer aus ins Wasser. Das Seegras legt sich wie Seile um meine Beine bis wir ins tiefe Wasser gelangen. Ich lasse mich auf dem Rücken treiben und starre in den blauen Himmel. Eine einzige flauschige, weiße Wolke treibt in einem Meer aus blauem Himmel dahin.

In diesem Augenblick fühlt sich alles perfekt an. Wenn ich mir dieses Gefühl doch nur bewahren könnte für den Tag, an dem wir wieder weiterziehen werden.

•

Auf dem Rückweg zur Ranch reden wir über Vans Großvater und Livia Willard. Ich habe darauf gewartet, dass Van dieses Thema anschneidet, und irgendwann tut er es schließlich. Er meint, er müsse ständig daran denken und wünschte, er könnte die Vergangenheit irgendwie verändern.

Ich weiß genau, wie es ist, wenn man die Vergangenheit am liebsten verändern können möchte. Aber das funktioniert nicht. Das hätte ich Van auch so sagen können.

„Opa ist wirklich der sanftmütigste Mensch im Universum", sagt Van. „Er hat mit diesen Anschuldigungen so lange leben müssen. Das ist nicht fair. Und was ich daran am meisten hasse, ist, dass ich dagegen nichts mehr tun kann."

Ein eiskalter Klumpen bildet sich in meinem Magen. Van ist so absolut von der Unschuld seines Großvaters überzeugt. Was, wenn er sich irrt? Aber dann denke ich an diesen goldigen alten Mann mit seinen Vögeln aus Holz und auf einmal ergibt dieser Gedanke gar keinen Sinn mehr.

„Irgendwo hier draußen *muss* es jemanden geben, der etwas über die Sache weiß", sage ich. „Ein kleines Mädchen verschwindet doch nicht einfach so vollkommen spurlos."

„Na ja, aber genau *das* ist mit Livia geschehen."

„Das alles muss auch für deine Großmutter sehr schwer gewesen sein“, überlege ich laut.

„Ja“, erwidert Van. „Aber sie ist tougher als Opa. Sie ist wie ein Fels in der Brandung. Und sie ist immer für alle da. Immer.“

Ein paar Minuten schweigt Van. Er grübelt, das sehe ich ihm an.

Ich wechsle das Thema. „Wie ist euer Schachspiel ausgegangen?“

„Ach das“, seufzt Van. „Opa hat mich in acht Zügen schachmatt gesetzt. Das hat ihm den ganzen Tag versüßt.“

•

Wir fahren quer über den See und folgen dann langsam der bewaldeten Küstenlinie zurück zur Ranch. Van meint, wenn wir Glück hätten, würden wir ein paar Wildtiere am Ufer, einen Bären oder Elch, entdecken. Das Boot tuckert um eine Landspitze und auf einmal sind wir in der sumpfigen kleinen Bucht vor der verlassenen Blockhütte. Zwei Blesshühner paddeln eilig durch die Seerosen davon, dann erheben sie sich mit lautem Gekrächze in die Lüfte.

Van stellt den Motor ab und wir treiben auf das Ufer zu.

„Ich frage mich, ob das alte Boot noch zu retten ist“, überlegt Van.

Das Boot liegt am Ufer, halb von Büschen überwachsen. Von der Sonne ausgeblichene rote Farbe blättert von seinen Seiten ab und ein etwa faustgroßes Loch klafft hinten im Heck. Es sieht nicht sehr vertrauenerweckend aus, finde ich.

„Nur zu", sage ich. Ich betrachte die Hütte. Es ist eigentlich nicht möglich, aber ich schwöre, sie sieht heute noch tiefer in den sumpfigen Untergrund eingesunken aus als neulich. Die Fensterscheiben reflektieren das Sonnenlicht und tauchen das Moos auf den Dachschindeln in ein leuchtendes Grün. Alles sieht sehr verwahrlost aus. Es ist schwer, sich vorzustellen, wie Esta und Iris hier vor so langer Zeit gespielt haben.

Auf einmal nehme ich eine schattenhafte Bewegung hinter einer der blind gewordenen Fensterscheiben wahr. Ich halte den Atem an.

Für eine Sekunde schaut ein Gesicht zu uns heraus. Es ist durch den Staub und Schmutz auf der Fensterscheibe verzerrt, als befände es sich unter Wasser. Dann verschwindet es wieder in der Dunkelheit.

„Da ist jemand in der Hütte", flüstere ich.

„Was?"

„Da, hinter dem Fenster. Jemand hat zu uns herausgeschaut."

„Ich sehe niemanden." In Vans Stimme schwingt Skepsis mit.

Ich lehne mich vor, den Blick fest auf das Fenster geheftet.

Nichts.

„Aber da *war* jemand", sage ich betont langsam. „Ich bin ganz sicher."

Ein paar Minuten warten wir noch, beobachten die Hütte. Zwei Eichhörnchen jagen einander einen Baum hinunter, pfeifen dabei schrill und jagen mir einen Riesenschreck ein. Dann herrscht wieder Totenstille. Ich stelle mir vor, wie eine schattenhafte Gestalt, sicher von der Dunkelheit in der Hütte verborgen, ein Stück weit vom Fenster entfernt verharrt, uns beobachtet und darauf wartet, dass wir wieder wegfahren.

„Sieht ziemlich verlassen aus, finde ich", stellt Van fest. „Sollen wir mal nachsehen?" Hier gibt es keine Stelle, die aussieht, als könnten wir gut anlanden. Außerdem bin ich mir auch gar nicht sicher, ob ich mich in die Hütte trauen würde. Ich seufze. „Nein, lieber nicht."

Van lässt den Motor an. Er umfährt die Seerosen und steuert das Boot zurück in tieferes Gewässer. Ich werfe einen Blick über die Schulter zurück.

Mir ist echt egal, ob Van mir glaubt oder nicht. Da war jemand. Ich *weiß* es. Ich runzle die Stirn und versuche, mich auf das flüchtige Bild von dem Gesicht hinter der Fensterscheibe zu konzentrieren.

Ich bin mir fast sicher, dass es Marion Wilson war.

Siebzehn

Am nächsten Morgen stehen Storm und ich in der Mitte des Round-Pens. Seine Ohren zucken vor und zurück, als ob er sagen wollte: „*Und nun?*“ Er senkt den Kopf und schnuppert an der Satteldecke und dem Sattel, die neben uns auf dem Boden liegen.

Ich wickle mein Seil auf und fahre damit erst an seinen Beinen entlang, dann hinauf über seinen Hals bis zu den Ohren. Ich lege es ihm über den Rücken und bewege es vor und zurück. Das kennt er schon. Er dreht mir den Kopf zu und sieht mich mit samtigen Augen an. „*Das haben wir doch schon hinter uns*“, sagt mir sein Blick. „*Gibt's nicht was Neues?*“

Er schenkt mir ein bisschen mehr Beachtung, als ich die Satteldecke in die Hand nehme. Er hebt den Kopf und tritt einen Schritt zurück. Ich folge ihm, die Satteldecke im Arm. Er reckt mir den Hals entgegen und schnaubt. Ich spüre, wie er sich allmählich wieder entspannt.

Ich lege Storm die Satteldecke über, nehme sie aber wieder ab, bevor er anfängt, unruhig zu werden. Das wiederhole ich mehrere Male. Irgendwann lasse ich die Decke auf seinem Rücken liegen. Die ganze Zeit über achte ich extrem wachsam darauf, welche Zeichen Storm mir gibt. Er hat den Kopf wieder etwas gesenkt und kaut genüsslich. Das ist ein gutes Zeichen.

Ich wedle mit den Enden der Satteldecke, hebe sie ein wenig an und lasse sie wieder fallen. Dann ziehe ich sie über seinen Hals hinauf bis fast zu den Ohren und wieder zurück.

Alles kein Problem.

Ich schiele zu dem Sattel hinüber, der neben mir am Boden liegt. Mir wird ein bisschen flau im Magen. Ich stülpe den rechten Steigbügel über das Sattelhorn und lege die Sattelgurte über die Sitzfläche. Dann hebe ich den Sattel an.

In diesem Moment scheut Storm.

Ich gebe ein lautes „Sssssssch!“ von mir, während er davonprescht. Er soll denken, es sei mein Wille, dass er abhaut, nicht seiner. Ich lege den Sattel wieder hin und treibe Storm mit dem Seil um den Round-Pen. Erst eine Runde, dann noch eine. Ich lasse ihn ein Mal links herum wenden, dann ein Mal rechts herum.

Schließlich erlaube ich Storm, langsamer zu werden und stehen zu bleiben. Dann mache ich das Kussgeräusch und er kommt im Schritt auf mich zu. Er hat die Ohren aufmerksam nach vorne aufgestellt und bleibt ganz ruhig vor mir stehen.

Bevor ich es mir anders überlegen kann, schnappe ich mir noch einmal den Sattel, hole tief Luft und lege ihn auf seinen Rücken. Nicht ein Muskel an ihm zuckt, während ich um ihn herumgehe und die Steigbügel sowie den Sattelgurt herunterklappe.

Als ich wieder auf seiner linken Seite stehe, greife ich unter seinem Bauch durch nach dem Sattelgurt. Meine Hände zittern. Ich bin mir nicht sicher, was passieren wird. Ich habe das im Stall geübt, mit dem Sattel auf einem Sägebock. Schließlich ziehe ich den Sattelgurt fest und verknote ihn. Dann trete ich einen Schritt zurück.

Storm schießt davon. In kleinen, schnellen Bocksprüngen hüpft er durch den Round-Pen und schlägt wild aus. Er gibt sich alle Mühe, das merkwürdige Ding auf seinem Rücken loszuwerden. Ich spüre mein Herz bis zum Hals schlagen, als ich sehe, wie die Sattelstrippen durch die Luft peitschen und die Steigbügel ihm in die Seiten schlagen. Erdklumpen wirbeln durch die Luft.

Allmählich liegen meine Nerven blank, aber dann verliert Storm auf einmal das Interesse an dem Sattel. Einfach so. Er steht ganz ruhig da. Ich sehe ihm förmlich an, wie er sich fragt: *„Ist es das wirklich wert?“* Auf mein Schnalzen hin kommt er zu mir herüber. Ich streiche über seinen Nasenrücken und kraule ihn hinter den Ohren.

„Nächstes Mal“, sage ich entschlossen, „werde ich dich reiten.“

•

Ich gehe direkt zu Tullys Computer und suche im Internet nach Seiten über Pferdetrainingsmethoden. Neulich hat Marion mir vorgeschlagen, ich solle mal nach *natural horsemanship* und *Pferdeflüsterer* im Internet suchen. Ein Link führt zum nächsten und ich finde jede Menge interessante Artikel, die ergänzen, was ich schon an Material habe. Aber als ich versuche, etwas auszudrucken, piepst und brummt der Drucker, dann gibt er ein ungesund klingendes Geräusch von sich.

Jetzt macht er keinen Mucks mehr.

Ich mache mich daran, das Problem zu finden. Ein Blatt Papier hat sich zwischen den Walzen verfangen. Zehn Minuten fummle ich daran herum, bis ich es endlich rausbekomme. In der Mitte ist es völlig verknittert und ich habe eine Ecke abgerissen, aber man kann trotzdem noch lesen, was draufsteht. Die Überschrift lautet *Anaphylaktischer Schock und Wespenstiche.*

Ich will es schon zusammenknüllen und in den Papierkorb schmeißen, zögere aber doch. Jemand wollte diesen Artikel so dringend haben, dass er ihn ausgedruckt hat.

Tully kommt von draußen herein und schaut mir über die Schulter. Ich halte ihm das Blatt Papier hin. „Ist das deins?“, frage ich. „Irgendwas über Wespenstiche.“

„Nee, nicht meins“, erwidert Tully. „Es muss Marion gehören. Sie war vorhin am Computer und sagte, sie habe einen Papierstau im Drucker verursacht. Ich wollte mir das gerade ansehen.“

„Hab ich schon behoben“, sage ich.

Warum sollte sich Marion Gedanken um Wespen machen? Ich habe hier noch keine gesehen. Und was ist ein Ana–Dingsbums-Schock?

Ich überfliege die ersten Sätze.

Ein anaphylaktischer Schock ist eine schwerwiegende allergische Reaktion, die lebensbedrohlich sein kann. In Einzelfällen kann es innerhalb von Sekunden nach dem Kontakt mit dem Auslöser zu einer vollständigen Atemlähmung kommen und der Tod eintreten. Häufige Auslöser sind eiweißreiche Speisen wie Schalentiere und Erdnüsse sowie das Gift von stachelbewehrten Insekten wie Hummeln oder Wespen.

Klingt ja reizend. Ich lege das Blatt beiseite und tauche wieder in die Welt der Pferde ein.

•

Am Nachmittag helfe ich Tully, die Lodge zu putzen. Dad arbeitet, Marion ist mit dem Boot unterwegs und Tully hat die Hunde rausgejagt, damit sie uns nicht vor den Füßen herumlaufen. Klassische Musik tönt in einer Lautstärke aus den Lautsprechern, dass ich sie sogar noch über das Getöse des Staubsaugers hinweg hören kann. Beethoven, hat Tully gemeint, aber das sagt mir gar nichts. Ich muss zugeben, dass es mir besser gefällt, als ich gedacht hätte.

Ich wische Staub und hin und wieder schaltet Tully den Staubsauger aus, um mir die Geschichte des Gegenstands zu erzählen, den ich gerade abstaube: eine Keramik aus Peru, ein in Holz geschnitzter Elefant aus Indien, eine venezianische Maske, ein Schachspiel mit detailgetreuen Figuren in Form von Piraten und britischen Soldaten. Es dauert zwar ungefähr zehnmal so lang, mit dem

Saubermachen fertig zu werden, als sonst, aber ich mag es, wenn Tully erzählt, und ich habe keine Eile.

Als wir fertig sind, bittet Tully mich noch, ein paar frische Handtücher in Marions Hütte hinüberzubringen. Danach könne ich machen, was ich wolle, verspricht er. Die Handtücher liegen ordentlich gefaltet auf dem Wäschetrockner. Ich suche mir ein Badetuch, ein paar Handtücher und einen Waschlappen heraus und mache mich auf den Weg nach draußen.

Das blaue Boot ist weg und auf mein Klopfen bekomme ich keine Antwort aus Hütte drei. Ich lasse meinen Blick über den See schweifen, aber auch dort keine Spur von Marion. Das Wasser ist heute schiefergrau und eine leichte Brise kräuselt die Oberfläche. Der Himmel hat sich zugezogen und es sieht aus, als könnte es Regen geben.

Noch einmal klopfe ich, doch ich bekomme immer noch keine Antwort. Die Tür ist nicht verschlossen, also gehe ich rein. Seit Marion hier ist, war ich nicht mehr in dieser Hütte. Sie ist viel kleiner als unsere. Sie besteht aus einem großen Raum mit einer Küchenzeile, einem Gasherd und einem Minikühlschrank am einen Ende. Dazu gibt es noch ein Schlafzimmer und ein winziges Bad. Alles ist penibel aufgeräumt. Wenn nicht ein Buch auf dem Tischchen neben dem Sessel liegen und eine Jacke an der Tür hängen würde, käme man nicht darauf, dass hier jemand wohnt.

Ich bringe die Handtücher ins Bad und lege sie ins Regal. Hier drinnen ist es genauso ordentlich wie im Zimmer. Eine Zahnbürste und eine Tube Zahnpasta mit so einem Clip am oberen Ende stehen in einem Wasserglas, ein feuchter Waschlappen hängt ordentlich über dem Waschbeckenrand und die schmutzigen Handtücher liegen in der Badewanne. Ich schnappe sie mir.

Als ich schon auf dem Weg nach draußen bin, sticht mir ein Gegenstand auf dem Tisch neben der Couch ins Auge. Es ist ein wunderschön mit Schnitzereien verziertes Kästchen – der einzige halbwegs persönliche Gegenstand von Marion hier. Es besteht aus honigfarbenem Holz und in den Deckel ist ein Stück Perlmutt eingelassen. Irgendwie sieht es so aus wie ein Stück, das Tully von seinen Reisen mitgebracht haben könnte, finde ich.

Ich lege die Tücher hin und berühre das Perlmutt. Es fühlt sich ganz glatt an, wie Seide. Neugierig nehme ich das Kästchen in die Hand und öffne es. Innen drin liegt eine Kette mit einem goldenen Herzanhänger auf einem Stück weißen Stoff. In das Herz ist in verschnörkelten Buchstaben ein Name eingraviert:

Livia.

Achtzehn

Das Brummen eines Bootsmotors reißt mich aus meiner Erstarrung. Rasch schließe ich das Kästchen und stelle es wieder an seinen Platz.

Ich schnappe mir die schmutzigen Handtücher, flitze zur Tür, hinaus auf die Veranda und winke Marion zu, die schon fast den Bootssteg erreicht hat.

„Frische Handtücher", rufe ich ihr zu, während ich den Trampelpfad hinauf zum Hauptweg entlanghaste.

Ich kann jetzt nicht mit Marion sprechen.

Ich muss nachdenken.

Ich gehe zurück zu unserer Hütte und werfe mich auf mein Bett. Mir schwirrt der Kopf. Es kann nur diese eine Livia gemeint sein. Alles andere wäre ein zu großer Zufall.

Ich muss das erst einmal verdauen. Also stehe ich wieder auf, hole mir Zettel und Stift und erstelle eine Liste mit allem, was ich über Marion weiß.

– ist extra aus England hergekommen

– fährt jeden Tag mit dem Boot raus – wohin?

– hat vermutlich wegen der Freunde gelogen, die angeblich vor zehn Jahren hier waren

– Was hat sie bei der alten, verlassenen Hütte gemacht?
– hat sich merkwürdig verhalten, als wir die alten Fotos angeschaut haben
– Wespenstiche?
– goldenes Medaillon mit Livias Namen drauf

Ich starre meine Liste lange Zeit einfach nur an. Dann schreibe ich unten drunter:

Wer ist Marion Wilson?

Ich falte den Zettel zusammen und stecke ihn in meine Hosentasche. Ich muss dringend mit Van reden.

•

Zum ersten Mal fahre ich ganz allein mit einem der Boote von der Ranch zu Van hinüber. Der Wind bläst mir den ganzen Weg über scharf ins Gesicht und das Boot kämpft gegen die Wellen an, die am Bug brechen. Ich habe das Gefühl, ich werde nie ankommen.

Van wartet bereits am Steg auf mich. Ich habe ihm schon am Telefon von dem goldenen Medaillon erzählt und er wirkt ziemlich aufgekratzt.

„Oma ist im Garten", berichtet er.

Als wir dorthin kommen, kniet sie gerade auf einer Schaumstoffmatte und dünnt die Karotten aus. Sie richtet sich auf, als sie uns bemerkt, und sagt: „Hallo, Thea."

„Hi", erwidere ich.

Die ersten Regentropfen fallen und platschen auf die krausen grünen Blätter der unzähligen Salatköpfe, die in

Reih und Glied in dem Beet wachsen. May rappelt sich umständlich hoch. „Mehr als ein paar Reihen auf einmal schaffe ich nicht mehr. Aber so behalte ich wenigstens die Hände in der Erde und das gefällt mir."

„Oma", setzt Van an, „wir würden dich gern noch was fragen."

„Über diese Sache mit Livia Willard?" Ihre Stimme klingt scharf und ich frage mich, wie sie das erraten hat.

Ich nicke.

„Schlafende Hunde soll man nicht wecken", sagt May.

„Aber es könnte wichtig sein", wendet Van ein.

May schweigt einen Augenblick lang, dann sagt sie: „In Ordnung, aber nur ein paar Minuten."

Wir rennen im Regen hinüber zum Haus. May wäscht sich die Hände an der Spüle in der Küche. Dann holt sie einen Krug mit Limonade aus dem Kühlschrank sowie drei Gläser und stellt alles auf einen runden Tisch. „Nehmt Platz", fordert sie uns auf.

Wir setzen uns. „Der Rest der Familie ist in die Stadt gefahren und Heb hält sein Nickerchen", sagt May. Sie schaut mich eine Weile unbeirrt an. „Was möchtest du denn wissen, Thea?"

Ich muss schlucken. Ich weiß nicht, wo ich anfangen soll, also komme ich gleich auf den Punkt. „Es ist vielleicht schwer, sich daran heute noch zu erinnern, aber trug Livia eine goldene Kette? Mit einem kleinen Herzen, in das ihr Name eingraviert war?"

May antwortet nicht sofort und ich versuche mir vorzustellen, wie sie sich in die Vergangenheit zurückversetzt. Sie schenkt uns allen dreien Limonade ein. Dabei hält sie den Rücken kerzengerade und bewegt sich nur langsam. Dann faltet sie ihre starken, braungebrannten Hände und fragt: „Woher weißt du das?“

Ich zögere einen Moment. Ich will auf keinen Fall, dass May denkt, ich würde in fremden Sachen herumschnüffeln. Das wollte ich nicht. Aber das Kästchen war doch so hübsch ... Schließlich erzähle ich ihr alles über das Medaillon in Marions Schmuckkästchen.

„Das ist merkwürdig“, sagt May nachdenklich. „Ich verstehe das nicht.“

„Also hatte Livia *wirklich* so eine Kette?“, hakt Van nach.

„Ich habe seit Jahren nicht mehr daran gedacht“, erzählt May. „Es war Irrsinn, dass so ein kleines Mädchen eine solch wertvolle Kette besaß. Ihr Vater hatte sie ihr geschenkt und Livia war besonders stolz darauf, dass ihr Name darin eingraviert war. Sie kam sofort zu mir in die Küche gerannt, um sie mir zu zeigen, als sie in jenem Jahr auf der Ranch ankamen. An Esta oder Iris habe ich nie etwas annähernd so Schönes oder Wertvolles gesehen.“

„Das ergibt doch aber keinen Sinn“, stöhnt Van. „Warum sollte Marion Wilson denn Livias Kette haben?“

„Hat Livia die Kette an dem Tag getragen, als sie verschwand?“, will ich wissen.

„Kann ich nicht mit Sicherheit sagen“, gibt May zurück. „Aber ich glaube schon. Sie hat sie ja nie abgelegt, nicht mal, wenn sie gebadet hat.“

„Da ist noch etwas“, sage ich. „Das hört sich jetzt vielleicht irre an, aber erinnern Sie sich noch an irgendetwas in diesem Sommer, das mit Wespen zu tun hat?“

„Wespen?“ May klingt verunsichert. „Nein, nicht, dass ich wüsste.“

„Was haben denn Wespen damit zu tun?“, fragt Van.

Ich berichte den beiden von der Seite, die im Drucker feststeckte. Irgendwo im Haus klappt eine Tür.

„Heb ist aufgewacht. Ich will nicht, dass er irgendetwas hiervon mitbekommt“, sagt May rasch.

Sie streckt ihre Hand nach meiner aus und drückt sie. Im Gegensatz zu meiner ist ihre ganz ruhig und zittert nicht. „Thea, du musst mir alles berichten, was du herausfindest“, sagt sie im Flüsterton.

„Versprochen“, erwidere ich.

•

Spät am Abend ruft Van mich noch mal an. Ich war schon im Bett, habe fast schon geschlafen. Vorher habe ich eine gute Stunde mit Chloe telefoniert. Wir haben uns fast nur über Pferde unterhalten. Ich rolle mich auf die Seite, das Handy ans Ohr geklemmt.

„Die Wespen“, meint Van. „Oma hat sich da an was erinnert.“

Jetzt bin ich wieder hellwach.

„Sie sagt, da sei ein riesiges Wespennest genau über der Tür der verlassenen Hütte gewesen. Ihr ist wieder eingefallen, dass Livias Mutter davon wusste und den Mädchen verboten hatte, in diesem Sommer dort zu spielen. Oma meinte, als man nach Livia gesucht habe, sei das einer der ersten Orte gewesen, wo man nachgesehen habe. Das Nest war heruntergeschlagen worden und die Wespen schwärmten aufgebracht herum."

Mir läuft ein Schauer über den Rücken. „Dieser Ausdruck, den Marion gemacht hat, *muss* etwas zu bedeuten haben."

„Was hast du gesagt, worum ging es in dem Artikel? Irgendeine Art von Schock?", fragt Van.

„Anafa...laktisch oder irgendwie so."

„Nie gehört", meint Van.

Wir quatschen noch eine Weile, aber das führt zu nichts. Nachdem wir uns verabschiedet haben, liege ich noch lange wach. Ich bin fest davon überzeugt, dass das Wespennest ist ein wichtiges Teil in diesem Puzzle ist, aber wohin es gehört, das weiß ich nicht.

Neunzehn

Den ganzen Tag schon schüttet es wie aus Eimern. Ich habe am Morgen ein Buch mit hinüber in die Lodge genommen und mich den größten Teil des Vormittags in einem Sessel zusammengerollt und gelesen. Tully arbeitet in seinem Büro am Computer. Er entwirft eine neue Website für die Ranch und Dad verlegt einen Kiefernholzboden in Hütte fünf. Marion hat sich heute noch gar nicht blicken lassen.

Zwei Mal bin ich schon in einen Regenmantel geschlüpft und hinüber zum Stall gespurtet, einmal, um Storm zu füttern, und einmal nur, um nach ihm zu sehen. Er stand dösend in seinem Unterstand, wieherte aber leise, als er mich bemerkte.

Am frühen Nachmittag hört es einmal kurz zu regnen auf, aber es sieht nicht danach aus, als ob es lange anhalten würde. Tully nutzt die Gelegenheit, um mit den Hunden spazieren zu gehen. In der Zeit gehe ich hinüber in unsere Hütte und mache mir ein überbackenes Käsesandwich zum Mittag. Danach laufe ich zurück zur Lodge und setze mich an den Computer.

Ich wühle in einem Haufen mit Zetteln auf der Suche

nach dem Artikel über Wespenstiche, aber er ist nicht mehr da.

Schließlich suche ich im Netz nach *Wespenstich* und *anaphylaktischer Schock*, wobei ich bei Letzterem wild herumrate, wie man es wohl schreibt. Die Suchmaschine korrigiert meine Rechtschreibung und ich klicke mich durch ein paar Seiten. Nur dass ich dieses Mal alles aufmerksam durchlese und nach Anhaltspunkten suche.

In einem der Artikel wird ein anaphylaktischer Schock als *eine explosionsartige Überreaktion des Körpers* beschrieben. Dort sind auch die Symptome aufgelistet: schmerzhafte Einstiche, geschwollene Zunge, erschwerte Atmung, Blutdruckabfall, Bewusstlosigkeit, Tod.

Ich lese weiter.

Das Insekt, welches für die meisten schweren allergischen Reaktionen verantwortlich ist, ist die gemeine Wespe. Ein anaphylaktischer Schock wird meist durch mehrere Stiche gleichzeitig ausgelöst. Die Wahrscheinlichkeit, einen anaphylaktischen Schock zu erleiden, ist deutlich erhöht bei Menschen, die an Asthma erkrankt sind. Obwohl es sehr selten vorkommt, kann es bei einem anaphylaktischen Schock innerhalb von weniger als fünf Minuten zum Tod kommen.

Fünf Minuten. Mir wird flau im Magen. Ich lehne mich im Bürostuhl zurück, um nachzudenken.

Es gießt schon wieder in Strömen. Der Regen prasselt auf das Blechdach. Als Tully mit den Hunden zurückkommt, befiehlt er ihnen lautstark, auf der Veranda zu bleiben, bis sie trocken sind.

Ich starre auf den Monitor. *Asthma.* Ich lege die Stirn in Falten und lese diesen Absatz noch mal. *Die Wahrscheinlichkeit, einen anaphylaktischen Schock zu erleiden, ist deutlich erhöht bei Menschen, die an Asthma erkrankt sind.* Warum erscheint mir das wichtig? Mein Hirn ist wie benebelt vor lauter Informationen. Schließlich fahre ich den Computer runter und erinnere Tully daran, dass er versprochen hatte, uns heiße Schokolade zu kochen.

Während ich meinen Kakao schlürfe, blättere ich noch einmal das alte Gästebuch durch und konzentriere mich dabei auf die Namen der Besucher, die zur selben Zeit hier auf der Ranch waren wie die Willards. Wäre es möglich, dass Marions Familie auch hier war, dass Marion damals mit Esta und Iris gespielt hat? Ist das vielleicht des Rätsels Lösung? Ich versuche, mir vorzustellen, wie Marion als kleines Mädchen das goldene Medaillon gefunden hat, das Livia irgendwo verloren hatte. Und dass sie es nicht zurückgegeben hat, weil sie es so hübsch fand. Ich lese die Namen sorgfältig durch, vor allem die, die aussehen, als wären sie von einem Kind geschrieben worden. Aber der Name Marion taucht nirgends auf.

Später, als ich Van anrufe, um ihm zu erzählen, was ich herausgefunden habe, sagt er: „Thea, erinnerst du dich nicht? Oma hat uns davon erzählt – *Livia* hatte Asthma."

•

Marion erscheint nicht zum Abendessen, also schickt Tully mich rüber, um nachzusehen, ob alles in Ordnung ist. Als ich an ihrer Hütte klopfe, kommt sie in Morgenmantel und Hausschuhen an die Tür. Sie sieht krank aus.

„Es ist alles in Ordnung“, sagt sie. „Nur meine Migräne, mehr nicht. Aber mir ist heute nicht nach Essen.“

Ich habe keine Ahnung, wie ich mich Marion gegenüber jetzt verhalten soll. Als wir gemeinsam mit Storm gearbeitet haben, hatte ich das Gefühl, sie zu kennen. Es kam mir fast schon so vor, als wären wir Freunde. Aber jetzt wird mir klar, dass ich eigentlich rein gar nichts über sie weiß.

„Kann ich Ihnen noch irgendwas bringen?“, erkundige ich mich.

„Nein, danke, ich habe noch etwas Dosensuppe. Die mache ich mir später warm. Tut mir leid, dass du meinetwegen den ganzen Weg im Regen herkommen musstest.“

Marion will mich loswerden. Ich kann es an ihren Augen sehen, die glasig sind und irgendwie schmerzerfüllt.

„Wie Sie meinen“, sage ich.

Marion schließt zwar die Tür, aber ich habe das Gefühl, sie beobachtet mich vom Fenster aus, wie ich zur Lodge zurückrenne.

Nach dem Abendessen melde ich mich freiwillig zum Aufräumen, damit sich Tully und Dad auf den Weg hinüber zu Hütte fünf machen können, um den neuen Fußboden zu begutachten. Ich räume gerade das Geschirr in die Spülmaschine, da klingelt das Telefon.

Beim dritten Klingeln hebe ich ab. „Lakeview-Ranch“, melde ich mich. „Wie kann ich Ihnen helfen?“

Eine Frau ist dran. Sie hat eine resolute Stimme und einen englischen Akzent. „Ich würde gern Marion Wilson sprechen."

Das ist das erste Mal, dass hier jemand für Marion anruft. Ich frage mich, ob ich wohl gerade mit jemandem in London spreche (der einzige Ort in England, den ich kenne). Denn die Verbindung ist so klar und deutlich, als ob die Frau bloß im Nachbarzimmer wäre. Ich zögere. Ich bin mir ziemlich sicher, dass das hier ein Überseegespräch ist, aber Marion hat mehr als deutlich gemacht, dass sie in Ruhe gelassen werden möchte.

„Tut mir leid, sie möchte nicht gestört werden", antworte ich. „Es geht ihr nicht gut. Aber ich kann gern etwas ausrichten, wenn Sie wollen."

Die Frau bleibt beharrlich. „Ich muss sie wirklich ganz dringend sprechen."

„Also ..."

„Es geht um ihre Schwester." Eine kurze Pause entsteht, dann fügt sie hinzu: „Um Esta."

Zwanzig

Natürlich hole ich Marion doch. Sie nimmt den Anruf in Tullys Büro entgegen. Sie hat einen langen roten Poncho über ihrem Morgenmantel angezogen und trägt Gummistiefel. Wir haben beide Pfützen auf dem Fußboden der Lodge hinterlassen. Mit zitternden Fingern nehme ich ein altes Handtuch und wische sie auf. Marion hat die Tür zum Büro zugemacht, sodass ich ihre Stimme zwar als ein Murmeln wahrnehme, aber nicht hören kann, was sie genau sagt.

Mir schwirrt der Kopf vor lauter Aufregung. Esta ist echt kein sehr häufiger Name. Genau genommen, habe ich abgesehen von Esta Willard noch nie von jemandem gehört, der so heißt. Also hatte ich, nachdem die Frau am Telefon meinte, Marion sei Estas Schwester, für eine Sekunde den verrückten Gedanken, dass Marion in Wahrheit Livia sei. Ich glaube sicher nicht an Geister, aber vielleicht hat Livia doch – *irgendwie* – auf wundersame Weise überlebt, was ihr vor beinahe sechzig Jahren zugestoßen ist.

Aber, nein, das glaube ich auch nicht wirklich. Ich glaube, dass Livia tot ist. Also gibt es nur noch eine Möglichkeit, die Sinn ergeben würde: Marion muss in Wirklichkeit Iris sein.

Ich bin so verwirrt, dass ich am ganzen Leib zittere. Und da ist noch etwas, so ein Gefühl von Wut oder gar Verrat. Was zum Teufel macht Marion (obwohl das nicht ihr richtiger Name ist, kann ich sie auch nicht Iris nennen – noch nicht) hier? Was will sie?

Ich starre aus dem Fenster und sehe dabei zu, wie der Regen die graue Oberfläche des Sees aufpeitscht. Meine Gedanken kreisen immer noch rasend schnell, als ich höre, wie der Telefonhörer aufgelegt wird.

„Das war eine Freundin aus England", erklärt Marion, als sie aus dem Büro kommt. „Wegen meiner Schwester. Ihr geht es schon länger nicht gut, aber jetzt hat sich ihr Zustand noch mal rapide verschlechtert. Ich muss schnellstmöglich nach England zurückkehren."

Ich drehe mich zu ihr um. „Sie meinen Esta", sage ich. „Ihre Schwester Esta."

Etwas flackert in ihren Augen auf, fast schon so, als habe sie Angst.

Sie weiß, dass ich es weiß.

Mein Herzschlag beginnt zu rasen. „Sie sind Iris Willard", platze ich einfach heraus.

Marion antwortet mir nicht, aber aus ihrem Gesicht ist alle Farbe gewichen. Ich weiß, dass ich recht habe.

Mir läuft ein eisiger Schauer über den Rücken. „Ich verstehe das nicht. Warum haben Sie uns angelogen? Warum haben Sie behauptet, Ihr Name sei Marion Wilson?"

Als Marion endlich etwas erwidert, ist ihre Stimme erstaunlich ruhig. „Ich war mir nicht sicher, ob hier noch irgendjemand lebt, der sich an den Fall Willard erinnern könnte. Es ist schon so lange her, dass es sehr unwahrscheinlich war, aber trotzdem hielt ich es für besser, meine wahre Identität geheim zu halten. Also habe ich hier unter einem anderen Namen gebucht. Ich wollte nicht allzu viel Staub aufwirbeln durch meine Rückkehr. Und ich habe meiner Freundin Louise – die Frau, die gerade angerufen hat – gesagt, falls sie mich doch einmal sprechen müsse, solle sie nach einer Marion Wilson fragen."

„Sie haben gesagt, sie hätten Freunde, die vor zehn Jahren schon mal hier waren", stelle ich fest. „War das auch gelogen?"

„Ich musste Tully doch irgendeinen Grund nennen, warum ich unbedingt jetzt hierherkommen wollte. Er hat so darauf beharrt, dass die Ranch noch nicht bereit sei, wieder Gäste zu beherbergen. Also habe ich die Geschichte erfunden, dass meine Freunde so begeistert von ihrem Aufenthalt hier waren, ja. Ich habe ihm gesagt, dass ich dieses Jahr wohl zum letzten Mal in meinem Leben nach Kanada reisen würde und dies die einzige Gelegenheit für mich sei, die Ranch zu besuchen. Und das stimmt ja auch."

Marion presst die Fingerspitzen gegen ihre Stirn. Sie sieht aschfahl aus. „Ich kann jetzt nicht länger darüber sprechen, Thea. Mir platzt der Kopf. Wir müssen den Rest dieses Gespräches auf morgen verschieben."

„Sagen Sie mir nur noch eins“, fordere ich. „Warum sind Sie *wirklich* hier?“

„Ich suche nach Livia“, erwidert sie nur.

●

Van und ich telefonieren an diesem Abend, bis es schon richtig spät ist. Er ist total aufgekratzt, weil er meint, wir seien jetzt ganz nah dran, die Unschuld seines Großvaters wirklich beweisen zu können. Wieder und wieder sprechen wir die verschiedenen Szenarien durch, aber am Ende läuft es doch immer auf ein und dasselbe raus: die Wespen.

Wir wissen, dass Marion sich im Internet über anaphylaktische Schocks im Zusammenhang mit Wespenstichen schlaugemacht hat. Wir wissen auch, dass es damals ein großes Wespennest in der verlassenen Hütte gegeben hat, das von irgendwas oder irgendwem heruntergerissen worden war. Wir wissen, dass Esta und Iris sonst immer in der alten Hütte gespielt haben. Allein die Tatsache, dass es den beiden in dem Jahr damals verboten gewesen war, dorthin zu gehen, bedeutet rein gar nichts. Darin sind Van und ich uns einig. Kinder machen doch immer genau das, was sie eigentlich nicht dürfen.

Nur mal angenommen, Esta hätte Iris und Livia damals an dem Tag mit zur Hütte genommen, an dem Livia verschwunden ist. Und weiter angenommen, dass Livia von Wespen gestochen wurde ...

Wenn Livia an einem anaphylaktischen Schock gestorben wäre, hätte das doch jemand mitbekommen müssen. Irgendwer müsste ihren Leichnam versteckt haben. Und da gibt es nur eine Person, die infrage kommt: Esta. Aber warum hat sie das getan?

Und Iris? Wie viel hat Iris gewusst?

Einundzwanzig

Marion (ich glaube, ich werde es nie schaffen, sie Iris zu nennen) sieht am nächsten Tag total gealtert aus. Ihr Gesicht ist leichenblass und ihre Augen sind von dunklen Schatten umgeben. Sie findet mich bei Storm. Ich habe ihn gerade gefüttert und einige Minuten stehen wir an den Zaun gelehnt da und sehen ihm beim Fressen zu.

„Ich reise heute Nachmittag ab", beginnt sie. „Ich fahre zurück nach Vancouver, mein Flug nach England geht morgen früh."

„Ist es was Ernstes? Also, mit Esta meine ich", will ich wissen.

„Ja, sehr. Sie hat Krebs und nur noch wenige Wochen zu leben. Die möchte ich bei ihr verbringen." Marion dreht sich um und betrachtet das Stallgebäude eingehend. „Das ist nicht der Stall, der hier stand. als ich ein Kind war", stellt sie fest. „Der war viel größer und hatte einen riesigen Heuboden. Ich kann mich nicht an viel von unseren Urlauben hier erinnern, aber an den Stall erinnere ich mich sehr gut. Ich habe quasi darin gewohnt. Ich frage mich, ob sie ihn abgerissen haben oder er vielleicht irgendwann abgebrannt ist."

Dann tut Marion etwas ganz Unerwartetes. Sie streckt ihre Hand aus und greift nach meiner. Ihre Finger sind eisig. „Das hier ist nicht leicht für mich."

„Das ist es für Heb und May auch nicht", rutscht mir heraus.

Marion lässt meine Hand fallen. „Heb und May?" Sie klingt verunsichert.

„Die Großeltern von meinem Freund Van. Sie haben hier gearbeitet, als Livia verschwand."

„Ja, ich erinnere mich", sagt Marion langsam. „May war die Köchin. Wir haben sie geliebt. Und ihren Mann Heb. Er war immer so nett zu uns Kindern."

„Esta hat aber behauptet, sie habe gesehen, wie Heb an dem Tag, an dem sie verschwand, mit Livia in seinem Pick-up weggefahren sei."

„Ja", antwortet Marion leise. „Ja, das hat sie behauptet."

Ich atme tief durch. „Van und ich wissen von dem Wespennest in der verlassenen Hütte. Wir glauben, Livia ist an den Wespenstichen gestorben."

Marion sieht nicht im Mindesten überrascht aus. Lediglich erschöpft. „In all den Jahren, in denen ich darüber nachgedacht habe, konnte ich mich nie daran erinnern, an jenem Tag zu der alten Hütte gegangen zu sein", erzählt sie. „Es heißt, man blende Erinnerungen, die zu schrecklich und schmerzhaft sind, einfach aus. Vielleicht habe ich genau das getan. Natürlich hatte ich ein vages Bild der Hütte vor Augen und davon, dass wir dort immer gespielt haben. Aber ich bin mir sicher, dass ich das nicht gemocht habe. Ich mochte die meisten Dinge nicht, zu denen Esta mich gezwungen hat. Ich konnte mich wirklich nicht daran erinnern, dass wir dort waren an dem Tag, an dem Livia verschwand. Aber als ich am Samstag hingefahren bin, um mir die Hütte anzusehen, war alles wieder da."

Also *war* es wirklich Marion gewesen, die ich im Inneren der Hütte gesehen hatte. Mein Herz fängt an zu rasen. „Was war wieder da?"

„Die Erinnerung. Da war ein riesiges Wespennest genau über der Hintertür", erwidert Marion nachdenklich. „Deswegen hatten unsere Eltern uns in diesem Jahr auch verboten, dort zum Spielen hinzugehen. Mittlerweile frage ich mich, ob meine Stiefmutter vielleicht gegen Wespenstiche allergisch war, und befürchtete Livia könnte das geerbt haben. Oder ob sie wusste, wie gefährlich Wespenstiche für Asthmatiker sein können."

Marion schweigt kurz. Es steht ihr ins Gesicht geschrieben, wie sehr sie das alles quält.

Dann fährt sie ruhig fort: „Ich erinnere mich, wie Esta den Stein geworfen hat."

Nach diesen Worten bin ich wie gelähmt. Ein eiskalter Schauer läuft mir vom Nacken den Rücken herunter und ich starre Marion voller Entsetzen an.

„Livia stand genau unter dem Nest. Aber ich war unten am See. Vielleicht hatte ich mich einmal gegen Esta aufgelehnt und mich geweigert, die Hütte zu betreten. Ich weiß es nicht mehr. Vielleicht hat Esta Livia auch versprochen, dass eine Überraschung für sie in der Hütte wartet. Aber das sind alles nur Mutmaßungen. Erinnern kann ich mich daran nicht. Ich weiß allerdings ganz sicher, dass Livia unter dem Wespennest stand, als Esta den Stein warf und das Nest herunterfiel."

„Also wurde Livia gestochen", schlussfolgere ich.

„Ja, und zwar sehr, sehr oft, würde ich vermuten", erwidert Marion. Dann fügt sie leise hinzu: „Ich bin mir sicher, Esta wollte das Nest nicht mit dem Stein herunterholen. Sie hat bestimmt gedacht, sie würde damit nur die Wespen aufschrecken, damit Livia von einer gestochen würde. Weißt du, sie hat Livia wirklich gehasst. Sie war so eifersüchtig auf sie, aber ich glaube nicht, dass sie je beabsichtigt hat, Livia zu töten."

Ich weiß nicht, was ich dazu sagen soll. Ich wünschte, Van wäre hier. Ein frischer Wind weht und ich verschränke die Arme vor der Brust. Storm kommt zum Zaun herüber, ein Büschel Heu hängt aus seinem Maul. Ich streichele seinen Kopf.

„Das ist alles, was ich dir dazu sagen kann, Thea", meint Marion verzweifelt. „Ich weiß nicht mehr, was danach passiert ist. Ich kann mich an nichts erinnern, was zwischen dem Steinwurf und der Ankunft meiner Tante aus England liegt. Warum habe ich niemandem gesagt, was ich gesehen hatte? Ich weiß es nicht. Ich war noch so klein. Und ich hatte Angst vor meiner Schwester."

„May sagte, sie hätten Sie schlafend im Bett in Ihrer

Hütte gefunden. Und sie meinte, Sie hätten nur geweint und geschrien, als die Polizei versucht habe, mit Ihnen zu sprechen."

„Ich vermute, ich hatte Angst, alles zu erzählen. Vielleicht war ich auch nur zu durcheinander. Als ich noch klein war, hatte ich schreckliche Angst vor Esta."

Mir fällt plötzlich wieder ein, was May gesagt hat: *„Es muss grauenvoll sein, sich vor seiner eigenen Schwester zu fürchten."*

Wolken hängen schwer und bleigrau über uns. Auf einmal scheinen sich im Himmel alle Schleusen zu öffnen und es fängt an, wie aus Eimern zu schütten. Eilig rennen wir hinüber zum Stall. Wir stellen uns im Torbogen unter, sehen zu, wie der Regen den Boden aufweicht und sich beinahe sofort große Pfützen bilden. Storm ist in seinem Unterstand verschwunden.

„Eines ergibt für mich keinen Sinn", sage ich schließlich. „Warum hat Esta keine Hilfe geholt? Warum hat sie Livia einfach sterben lassen?"

„Ich vermute, Livias Atmung hat schon innerhalb von wenigen Minuten ausgesetzt. Esta muss in Panik geraten sein. Sie hatte Livia umgebracht, wenn auch unbeabsichtigt. Vielleicht dachte sie, man würde sie des Mordes bezichtigen. Keine Ahnung." Marion seufzt. „Das ist alles vor so langer, langer Zeit geschehen. Und in gewisser Hinsicht spielt es auch keine Rolle mehr."

Ich muss daran denken, wie Heb und May all die Jahre gelitten haben und spüre, wie Wut in mir aufsteigt.

„Wenn Sie das wirklich glauben, warum sind Sie dann überhaupt hergekommen?", will ich wissen.

„Ich wollte Livias sterblichen Überreste finden", meint Marion. „Ich möchte, dass sie ein ordentliches Begräbnis bekommt."

„Aber warum gerade jetzt? Nach fast sechzig Jahren? Warum sind Sie jetzt erst wieder hierhergekommen?"

Zunächst glaube ich nicht, dass Marion mir antworten wird. Aber dann sagt sie: „Lass uns zu meiner Hütte rübergehen. Ich möchte dir etwas zeigen."

•

Es ist Livias goldene Kette. Sie holt sie aus der Schatulle und legt sie mir in die Hand. Meine Wangen werden knallrot. Ich kann Marion schließlich nicht sagen, dass ich sie bereits gesehen habe.

„Wo haben Sie das her?", frage ich.

„Ich habe sie erst vor ein paar Wochen gefunden", antwortet Marion. „In Estas Haus."

Ich starre Marion an und versuche mir zusammenzureimen, was das wohl zu bedeuten hat.

„Ich wusste nicht mal, dass Esta schwer krank ist", erklärt Marion. „Esta hat das Anwesen meines Onkels und meiner Tante verlassen, als sie achtzehn wurde. Wir sind nicht miteinander in Verbindung geblieben. Ich hatte damals zwar keine Angst mehr vor ihr, aber wir haben uns nie wirklich nahegestanden. Ich hingegen habe auch weiterhin bei meinem Onkel und meiner Tante gelebt, nachdem ich volljährig war. Nachdem sie gestorben waren, habe ich das Gestüt geerbt und weitergeführt. Ich war nie verheiratet, habe keine Kinder. Das wollte ich nie. Aber ich hatte immer sehr viele Freunde und natürlich meine Pferde. Ich habe mir ein gutes Leben aufgebaut. Aber Esta ist einfach daraus verschwunden."

„Haben Sie sie denn nie gesehen?"

„Doch, ein Mal von Weitem in einer belebten Einkaufsstraße in London. Zuerst wollte ich nach ihr rufen, habe es dann aber doch bleiben lassen. Hin und wieder habe ich mal ein bisschen was von einer alten Freundin von Esta gehört, die noch in unserem Dorf lebte. Aber nichts Gutes. Esta war alkoholabhängig geworden und war jahrelang immer wieder in Entzugskliniken untergebracht. Eines Tages dann war meine Freundin Louise im Krankenhaus, um ihre Cousine zu besuchen. Die lag mit einer Frau in einem Zimmer, die an Krebs erkrankt war. Und als eine Krankenschwester hereinkam und die Frau Esta nannte, wurde Louise hellhörig. Sie wusste, dass ich eine Schwester namens Esta habe, wir uns aber entfremdet hatten. Aber weil Esta so ein ungewöhnlicher Name ist, hat Louise einen Blick auf die Krankenakte, die am Fußende des Bettes hing, geworfen. Dort stand Esta Willard drauf."

Marion nimmt das Medaillon aus meiner Hand. Einen Augenblick lang betrachtet sie es aufmerksam und legt es dann zurück in das Kästchen. „Also bin ich schließlich zum Krankenhaus gefahren, um Esta zu besuchen. Immerhin ist sie die einzige Verwandte, die mir noch geblieben ist. Als ich sie fragte, ob ich irgendetwas für sie tun könne, bat sie mich, zu ihr nach Hause zu fahren, eine kleine Wohnung in einem der schäbigeren Stadtteile Londons, um ihr ein paar Sachen zu holen. Dort habe ich dann das Medaillon gefunden, ganz hinten in einer Schublade. Es war unter einem Wolltuch versteckt, das ich Esta bringen sollte. Ich habe sofort gewusst, was das zu bedeuten hatte."

Mir wird schlecht. „Also hat Livia die Kette *tatsächlich* getragen, als sie verschwand."

Marion nickt.

Sofort schwirren mir tausend Gedanken durch den Kopf. „Es ist also wahr", wispere ich. „Esta war wirklich dabei, als Livia ums Leben kam. Sie muss das Medaillon an sich genommen haben, nachdem Livia tot war."

„Tief in meinem Innersten habe ich, glaube ich, immer gewusst, dass es Esta war", gibt Marion zu. „Ich konnte mich nur nicht daran erinnern. Bis ich hierher zurückgekommen bin."

„Deswegen sind Sie also jeden Tag mit dem Boot auf den See rausgefahren. Um nach Livia zu suchen. Aber wie ...?"

Ich starre Marion unverwandt an. Ich habe keinen Schimmer, wie sie glauben konnte, Livias Gebeine ausgerechnet jetzt zu finden. Nach so langer Zeit.

„Das ist nicht so verrückt, wie es vielleicht erscheinen mag", erklärt mir Marion. „Ich hatte eine Ahnung, wo ich suchen musste. Ich habe dir doch erzählt, dass ich mich an kaum etwas von unseren Urlauben auf der Ranch erinnern kann. Aber es gibt etwas, das habe ich klar vor Augen. Weil es mir solche Angst gemacht hat. Esta ist oft mit dem Boot rausgefahren. Sie durfte alleine auf den See hinaus und manchmal hat sie mich gezwungen, sie zu begleiten. Sie hatte eine Höhle entdeckt, irgendwo entlang des Sees, aber ich weiß nicht mehr, wo genau. Dort hat sie mich hingebracht. Die Höhle war nicht sehr groß, aber Esta hat mich gezwungen, alleine hineinzugehen. Ich durfte erst wieder herauskommen, wenn sie es mir erlaubte. Ich hatte eine Heidenangst, denn es war stockfinster darin. Immer wieder habe ich nach ihr gerufen, um zu sehen, ob sie noch da war, aber sie hat mir nicht geantwortet. Irgendwann nach einer gefühlten Ewigkeit habe ich mich dann doch getraut, hinauszukrabbeln. Esta saß auf einem Felsen und hat mich ausgelacht. Das habe ich nie vergessen."

„Livia –"

„Ich glaube, Esta hat Livias Leichnam zu der Höhle gebracht", meint Marion. „Ich habe immer wieder danach gesucht, sie aber nicht gefunden. Ich weiß noch, dass wir nur mit dem Boot dorthin kommen konnten. Und es gab ein altes Boot an der verlassenen Hütte. Das könnte Esta benutzt haben."

„Erinnern Sie sich noch an irgendetwas anderes?", frage ich.

„Da waren überall rötliche Felsen. Riesige Felsbrocken.

Die rote Farbe kam vielleicht von einem hohen Eisengehalt im Gestein oder so. Aber das ist der einzige Hinweis, den ich habe."

Ich werde innerlich ganz ruhig.

Van weiß garantiert, wo das ist.

Zweiundzwanzig

„Mir ist hier nie eine Höhle aufgefallen", sagt Van. „Aber das hier ist die einzige Stelle am ganzen See, wo es rötliche Felsen gibt."

Wir fahren mit Vans Boot über den See in Richtung des versteckten Durchlasses, den er mir neulich schon mal gezeigt hat. Der Regen peitscht über die bleigraue Wasseroberfläche. Auf der Haut hinterlässt er ein Gefühl von feinen Nadelstichen. Es ist saukalt.

Marion sitzt vorne im Bug, den Rücken ganz gerade durchgedrückt, die Kapuze ihres Regenmantels tief ins Gesicht gezogen.

Als wir zu der kleinen Bucht kommen, hebt Van die Schiffsschraube aus dem Wasser. Wir tauschen unsere Plätze und Van beginnt zu rudern. Seine Hände sind schon ganz rot vor Kälte und Regenwasser rinnt vom Schirm seiner Baseballkappe. Die Regentropfen prasseln auf die Blätter der Seerosen. Van manövriert das Boot durch die schmale Öffnung in der Felswand hinein in den geheimen Tümpel.

Steile Uferwände ragen zu allen Seiten bedrohlich um uns herum auf und der ekelhafte Geruch von nassen, verrotteten Blättern hängt in der Luft. Es ist so dunkel hier drinnen, dass man meinen könnte, es wäre Nacht, dabei ist es erst früher Nachmittag. Blöderweise ist meine Jacke nicht wasserfest und klebt mir deswegen am Rücken. Regen rinnt mir den Nacken hinunter.

„Könnte es hier gewesen sein?“, will Van wissen.

„Ich bin nicht sicher“, gibt Marion zurück. „Ich kann mich kaum erinnern.“

Wir schauen den Abhang am hinteren Ende des Tümpels hinauf. Rötliche Felsbrocken liegen darüber verstreut, manche davon sind mit hellgrünem Moos bewachsen.

„Die Steine könnten bewegt worden sein“, überlegt Van. „Wie bei einem Erdrutsch. Das würde reichen, um den Eingang zu einer Höhle zu verdecken.“

Es gibt hier nur eine einzige Stelle, an der man anlanden kann. Und das ist ein schmaler Streifen Kiesstrand unterhalb des Abhangs mit dem Geröll, gerade breit genug für ein Boot. Van und ich springen aus dem Boot, aber Marion bleibt sitzen. Sie sieht schlecht aus, ihr Gesicht ist kreidebleich.

Van und ich kraxeln über die Felsblöcke und versuchen, ein Stück weit den Abhang hinaufzukommen. Die Steine sind glitschig vom Regen und ich muss mich auf Händen und Füßen fortbewegen, um einen sicheren Halt zu bekommen.

„Ich weiß nicht“, keucht Van. Er stiert hinauf. „Die Höhle könnte hier überall sein.“

„Ich glaube nicht, dass Esta Livia sehr weit hätte tragen können", sage ich.

Van seufzt. „Es ist aussichtslos. Keine Chance, dass wir einen von diesen Felsblöcken wegbewegen könnten."

Aber ich will nicht aufgeben. Noch nicht. Ein Windstoß peitscht mir den Regen mitten ins Gesicht. Halb blind grapsche ich nach dem nächstbesten Felsen, aber mir rutscht der Fuß weg. Ich kralle mich in ein Moospolster und ein durchweichter Klumpen löst sich unter meinen Fingern.

Den Felsen, der darunter zum Vorschein kommt, schaue ich mir genauer an. Da ist irgendwas in den Stein eingeritzt worden. Es sieht aus wie ein Ende eines Rechtecks. Mit den Fingernägeln kralle ich mich noch mal ins Moos und reiße ein weiteres Stück ab, dann wische ich die Erdkrumen weg.

Ich habe das Gefühl, eine eiskalte Hand fährt mir den Rücken hinunter, und ich fange an zu zittern.

Jetzt weiß ich, was da ungelenk in den roten Stein gehauen wurde.

Ein Kreuz.

•

Später am Nachmittag, als der Regen nachgelassen hat, fahren Van und ich noch einmal hinaus. Dad, Tully und Vans Vater Martin folgen uns in einem der Boote von der Ranch. Sie haben Brechstangen, Schaufeln und Taschenlampen dabei. Vans Mutter Jane ist mit Marion in der

Lodge geblieben, flößt ihr einen starken heißen Tee ein und redet mit ihr. Heb und May warten bei sich zu Hause auf Nachricht.

Van und ich können bloß zusehen, während die Männer versuchen, die Felsblöcke neben dem Stein mit dem Kreuz mithilfe der Brecheisen beiseitezubewegen. Zuerst tut sich gar nichts. Sie rackern sich fünfzehn, zwanzig Minuten ab und stöhnen vor Anstrengung. Zu guter Letzt löst sich doch noch einer der Felsen und rollt hinunter ins Wasser, wo er mit einem lauten Platsch landet.

Tully ächzt. „Hier hinter ist irgendwas. Ein kleiner Hohlraum."

Mein Herz schlägt heftig. Martin kann einen zweiten Stein lösen. Darunter verbirgt sich eine Menge Schutt und Geröll, welche die Männer mit den Schaufeln ausheben.

Schließlich können wir ihn alle sehen: den Eingang zu einer kleinen dunklen Höhle.

Dad kauert sich auf den Knien davor und späht hinein. „Es ist zu dunkel", sagt er. „Ich kann nichts erkennen."

Tully holt eine Taschenlampe aus dem Boot und reicht sie an Dad weiter, der in die Höhle leuchtet. Für einen Wimpernschlag scheint die Zeit stillzustehen. Von irgendwoher höre ich ein tropfendes Geräusch. Unwillkürlich schlinge ich die Arme um mich selbst.

Dad zieht hörbar den Atem ein. „Da ist etwas", berichtet er.

Dann folgt eine lange Pause. Langsam steht Dad auf. Er ist kreidebleich. „Sieht aus, als wären es Knochen."

Einer nach dem anderen werfen Tully, Van und Martin schweigend einen Blick in die Höhle. Aber ich will nicht.

Wir haben Livia gefunden. Ich wusste es von dem Moment an, als ich das Kreuz sah. Trotzdem bin ich geschockt.

„Ich denke, wir sollten ein Gebet sprechen“, sagt Martin leise. Wir neigen die Köpfe. Ich lausche seinen Worten.

„*... und ob ich schon wanderte im finsteren Tal, fürchte ich kein Unglück, denn du bist bei mir, dein Stecken und Stab trösten mich ...*“

Während Martin das Gebet zu Ende spricht, starre ich das Kreuz auf dem Felsen an. Es verschwimmt in meinen Tränen und ich kann mich nicht auf Martins Worte konzentrieren. Ich erinnere mich auch an nichts, was er danach noch sagt, aber seine ruhige Stimme hat etwas Tröstliches. Als er fertig ist, sagen wir alle Amen.

Ich kann nicht aufhören zu schlottern. Van nimmt meine eisige Hand in seine und steckt sie in seine Jackentasche.

Dreiundzwanzig

Wieder zu Hause, ruft Tully die Polizei an. Sie kommt am nächsten Tag, um Livias Gebeine zu bergen. Marion ist nicht abgereist. Sie hat es sich anders überlegt. Bis morgen bleibt sie, dann fährt sie nach Vancouver, um zu organisieren, dass Livia neben ihren Eltern beigesetzt wird.

Am Nachmittag bringe ich Marion mit dem Boot hinüber zu Van, damit sie sich mit Heb und May treffen kann. May wartet schon auf sie und beobachtet von der Veranda aus, wie wir anlanden.

Marion trinkt mit Heb und May Tee in deren Wohnzimmer, umgeben von all den wunderschönen Vögeln. Van und ich bleiben lieber draußen und werfen unermüdlich Stöckchen für Prinz. Als es für Marion Zeit wird aufzubrechen, begleitet May sie bis zum Boot und umarmt sie. Die beiden könnten unterschiedlicher nicht sein: May groß und stark und Marion zerbrechlich wie einer von Hebs Vögeln. Trotzdem weinen sie beide.

•

Ausnahmsweise frühstücken Dad und ich mal zusammen, beide tief über unsere Müslischalen gebeugt. Eigentlich steht er immer viel früher auf als ich, aber heute hat er mal ausgeschlafen. Sein Gesicht ist von all der Anstrengung ganz faltig und eingefallen.

„Marion reist heute ab“, stelle ich fest. Für den nächsten Satz muss ich all meinen Mut zusammennehmen. „Ich werde Storm reiten, bevor sie fährt.“

Dad starrt mich an.

Ich spüre, wie mein Entschluss ins Wanken gerät, aber im Moment beschäftigt mich nichts mehr als diese Frage: „Kommst du und schaust mir zu?“

Er zögert, doch dann meint er: „Ich habe zu viel zu tun.“

„Marion sagt, ich habe ein Talent im Umgang mit Pferden“, sage ich verzweifelt. Irgendwie hoffe ich, dass ihn das dazu bringt, mir zuzuhören. „Ich habe ihr erzählt, dass ich das von dir habe. Dass du mir beigebracht hast zu reiten.“

Schmerz und Verzweiflung flackern in Dads Augen auf. „Thea, es ist deine Mutter, von der du diese Gabe hast“, sagt er knapp. „Nicht ich.“

Wovon redet er? Dad hat mir Hunderte von Reitstunden gegeben, meist mit vier oder fünf anderen Kindern zusammen, die auf unserem Hof Unterricht genommen haben. Bei allen Turnieren, die ich geritten bin, hat er mich angefeuert. Eine Erinnerung schiebt sich in den Vordergrund: Ich trabe auf Monty im Dressurviereck herum und versuche verzweifelt, Mum irgendwo auf den Zuschauerrängen zu entdecken. Dann sehe ich sie am Rand des Reitplatzes, wie sie mich gar nicht beachtet, sondern sich stattdessen angeregt mit einem Kunden unterhält.

„Wie meinst du das?“, frage ich.

„Mum war diejenige, die dich zum ersten Mal auf ein Pferd gesetzt hat. Ich fand, du warst noch zu jung dafür, du warst ja erst vier. Aber sie war wild entschlossen. Monatelang hat sie dich und dein Pferd am Führstrick herumgeführt. Nichts konnte sie davon abbringen.“

„Dixie“, sage ich langsam. „Das Pferd hieß Dixie. Und es war in Wirklichkeit ein Pony, oder?“

„Ja, genau. Deine Mutter hat eine halbe Ewigkeit nach ihr gesucht. Im gesamten Fraser Valley ist sie rumgefahren, um das perfekte Pony für dich zu finden.“

„Aber das Foto von dir und mir auf Skipper ...“, sage ich. „Ich dachte immer – “

„Deine Mutter hat dich kurzerhand zu mir raufgesetzt, um dieses Foto zu machen“, erklärt Dad. „Du und ich, wir sind gemeinsam nie weiter als bis zur Hofauffahrt geritten. Deine Mutter hatte dich gerade im Wald ein wenig geführt. Kurz bevor das Foto aufgenommen wurde, hast du noch auf Dixie gesessen. Ich habe deinen Reitunterricht erst übernommen als du sechs warst und angefangen hast, an Turnieren teilzunehmen. Ich habe alle Reitstunden auf dem Hof gegeben.“

Ich fühle mich, als hätte mir jemand in den Magen geboxt. Erinnerungen stürmen unkontrollierbar auf mich ein, Erinnerungen, die immer schon da gewesen sein müssen. Mum, wie sie im Round-Pen steht und mich schier endlos an der Longe um sich herumreiten lässt. Mum, wie sie mich hochnimmt, wenn ich runtergefallen bin, und mich wieder in den Sattel setzt. Mum, wie sie mir verspricht, dass ich eines Tages mein eigenes Pferd haben und es ausbilden würde. Wie konnte ich all das nur vergessen?

„Und Monty", fügt Dad hinzu. „Monty hat sie auch für dich ausgesucht. Genau wie bei Dixie musste es das perfekte Pferd für dich sein. Es war nicht so, dass sie sich nicht für dich interessiert hat, Thea. Sie hatte nur immer so viel damit zu tun, die Geschäfte in unserem Stall am Laufen zu halten."

Ich muss schlucken. Ich vertraue meiner Stimme im Moment nicht.

„In diesen ganz frühen Jahren schon hat deine Mum ihre Leidenschaft für Pferde an dich weitergegeben", sagt Dad. „Von ihr hast du diese Gabe."

Leidenschaft. Ich weiß, dass ich dieses Wort für immer hüten werde, wie etwas sehr Wertvolles.

„Das wusste ich nicht", gebe ich zurück.

„Deiner Mutter solltest du dankbar sein, nicht mir", meint Dad.

Wir schieben beide unsere Müslischalen weg. Ich schätze mal, nach diesem Gespräch hat keiner von uns beiden mehr Hunger.

Dad steht auf. „Tut mir leid", sagt er nur. Ich glaube, er meint damit viel mehr als nur, dass er nicht zuschauen kommt, wenn ich Storm reite. Dann geht er.

•

Heute strahlt die Sonne von einem knallblauen Himmel herab und die Luft fühlt sich sauber an, wie frisch gewaschen.

Die Sonne wärmt meine Schultern, lässt Storms Fell glänzen und bringt den Geruch des Sattels nach Leder und Sattelseife erst richtig heraus.

Storm stand ganz ruhig da, während ich ihn gesattelt habe. Jetzt wartet er mit aufmerksam aufgestellten Ohren. Er wirkt ein wenig angespannt, verhält sich aber trotzdem ruhig. Ich habe ihn noch nicht an die Trense gewöhnt, deswegen lege ich ihm lediglich ein Stallhalfter mit einem Führstrick an.

Als ich zu Marion hinüberschaue, lächelt sie mich ermutigend an. „Verlier jetzt nur nicht die Nerven", rät sie mir. „Du hast dich gut auf diesen Moment vorbereitet. Genieße ihn!"

Sie verlässt den Round-Pen und stellt sich jenseits des Zauns hin, sodass sie mich gut durch die Streben hindurch beobachten kann.

Ich stecke meinen Fuß in den Steigbügel. Marion hat mir geraten, so auf Storm aufzusitzen, als hätte ich das schon hundertmal zuvor gemacht. Also tue ich es und schwinge mein Bein ohne zu zögern über seinen Rücken. Ich setzte mich tief und fest in den Sattel und atme erleichtert aus.

Ich bin mir nicht mehr sicher, ob ich das hier wirklich

durchziehen will. Ich werfe einen Blick zu Marion zurück und mein Herz bleibt für eine Sekunde stehen. Sie ist nicht mehr alleine. Dad steht neben ihr.

In diesem Augenblick verändert sich alles für mich.

Dad nickt mir kaum merklich zu. Ich möchte so gern total cool bleiben, aber ich kann nicht anders: Mein Mund verzieht sich ganz von alleine zu einem dicken, fetten Grinsen.

Ich drücke meine Fersen in Storms Seiten, nur ganz leicht, aber er setzt sich sofort in Bewegung. Ich halte mich zwar am Führstrick fest, aber sonst brauche ich rein gar nichts zu machen. Denn wenn man es genau nimmt, kann Storm ja kaum etwas anderes tun, als im Round-Pen immer nur im Kreis herumzulaufen. Ich versuche, ganz ruhig zu sitzen. Marion meinte, wenn man zum ersten Mal auf einem Pferd reite, sei es so, als wäre man irgendwo zum ersten Mal zu Besuch. Man muss versuchen, sich so respektvoll wie möglich zu verhalten.

Seit vier Jahren habe ich auf keinem Pferd mehr gesessen, aber jetzt fühlt es sich so an, als wäre es gestern gewesen. Ich stelle mir vor, was Mum jetzt sagen würde. *„Weiter so, Thea!“*

Auf einmal kommen Max und Bob wie aus dem Nichts angeschossen. Sie toben im Paddock herum und bellen wild vor lauter Freude, dass sie uns gefunden haben. Storm erschrickt und fällt in den Trab. Mir schlägt das Herz bis zum Hals. Ich habe keine Ahnung, wie er sich verhalten wird. Doch dann höre ich, wie Dad ganz ruhig zu mir sagt: „Geh einfach mit ihm mit, Thea. Sitz ganz locker und atme ruhig weiter."

Ich atme. Und ich fange die Bewegungen mit dem Rücken auf. So langsam kommt alles wieder. Trotzdem bin ich sehr froh, dass Dad bei mir ist.

Schließlich entspannen sich meine Schultern und Storm und ich bewegen uns zusammen, als wären wir eins. Er trabt zwei Runden um den Round-Pen und fällt dann zurück in den Schritt. Ich lehne mich vor und klopfe seinen Hals. Sofort dreht er seine Ohren zu mir.

Am liebsten würde ich für immer so weiterreiten. Niemals mehr absitzen. Doch dann meint Dad, dass Storm fürs Erste genug habe.

Ich mache „*Brrrr!*" und prompt bleibt Storm stehen. Erleichtert rutsche ich von seinem Rücken. Dad kommt in den Round-Pen, tätschelt Storms Hals und krault ihn unter dem Schopf.

„Gutes Pferd, Thea", meint er.

Ich glaube, ich muss vor Stolz platzen.

Vierundzwanzig

Marion reist am Nachmittag ab. Sie schüttelt Dad, Tully und Van nur die Hand, aber mich umarmt sie lange und fest. „Danke, dass du mir geholfen hast, Livia zu finden“, sagt sie.

Ich frage sie, ob sie im nächsten Jahr nicht wiederkommen möchte, und sie meint, das werde sie vielleicht. Aber ich glaube eher nicht. Ich denke, Marion hat mit diesem Kapitel ihres Lebens abgeschlossen.

Als sie weg ist, machen Van und ich einen Spaziergang und ich erzähle ihm zwei Geschichten über meine Mutter.

Ich erzähle ihm, dass sie meinen Dad und mich wegen eines anderen Mannes verlassen hat. Ich lasse nichts aus, nicht mal, wie ich es über Samantha Higgens herausgefunden habe und dass ich Mum danach nie wiedergesehen habe.

Van hört mir aufmerksam zu und schließlich meint er: „Sie hat deinen *Vater* verlassen, nicht dich. Ich wette, sie hätte dich nie im Leben aufgegeben. Zu dir wäre sie immer wieder zurückgekommen. Wahrscheinlich wäre es am Ende so gelaufen, dass du eine Woche bei ihr und eine Woche bei deinem Vater gelebt hättest. So ist das meistens."

Es sieht Van so ähnlich, so etwas zu sagen! Und er sagt das mit einer solchen Selbstverständlichkeit, dass es mir fast die Sprache verschlägt.

„Hast du deinem Dad je erzählt, dass du es weißt?", fragt er.

„Nein."

„Wirst du?"

Darüber muss ich einen Augenblick lang nachdenken. „Weiß nicht. Irgendwann vielleicht."

Und dann erzähle ich ihm die zweite Geschichte über meine Mutter. Darüber, dass sie mich genug geliebt hat, um mir ein Geschenk zu machen – die Leidenschaft für Pferde. Das ist das wertvollste Geschenk, das ich je bekommen konnte. Van meint, er könne sich ganz genau vorstellen, wie ich als Vierjährige auf einem Pony sitze, das an einer Longe herumtrottet.

Meine Gefühle meiner Mutter gegenüber sind trotzdem immer noch gemischt. Vielleicht werden sie das auch immer bleiben. Ich wünsche mir nichts sehnlicher, als dass sie noch am Leben wäre. Dennoch weiß ich jetzt eines ganz sicher: Sich zu erinnern, kann niemals so schmerzhaft sein, wie es nicht zu tun.

Fünfundzwanzig

Am Ende des Sommers ist ein Brief für mich in der Post. Es ist ein blassblauer Umschlag mit englischen Briefmarken darauf.

Liebe Thea,
ich dachte, du wüsstest vielleicht gerne, dass Esta heute Morgen gestorben ist. Sie hat noch einige Wochen länger gelebt, als wir erwartet hatten. Und diese letzten gemeinsamen Wochen waren eine ganz besondere Zeit für uns. Wir haben geredet und geredet. Es gab einfach so viel, das Esta sich von der Seele reden musste, und ich glaube, es hat sie sehr erleichtert, dass wir darüber gesprochen haben, was damals mit Livia geschehen ist.

Vermutlich fällt es dir schwer nachzuvollziehen, wie ich Esta vergeben konnte, aber sie war eben meine Schwester. Sie war vierzehn, als das alles passierte, und zu dieser Zeit selbst sehr durcheinander und zutiefst unglücklich. Ich habe nie angenommen, dass sie Livia töten oder ihr auch nur echtes Leid zufügen wollte. Eine dumme, impulsive Handlung, ein Stein, der geworfen wurde, ohne vorher über die Konsequenzen nachzudenken, hat so vielen Menschen so viel Kummer bereitet.

Esta hat mir alle Fragen beantwortet, die mich umgetrieben haben. Livia habe beinahe unmittelbar, nachdem sie gestochen wurde, aufgehört zu atmen, sagte sie. Und als Esta realisiert hatte, dass Livia tot war, hat sie mir befohlen, zurück zu unserer Hütte zu gehen und auf der Ranch zu erzählen, Livia sei mit ihr unterwegs. Und ich durfte niemandem sagen, wo wir gewesen waren. Sie hat mir eingeschärft, dass wir alle furchtbaren Ärger bekämen, wenn ich mich nicht daran halten würde.

Warum ich niemandem erzählt habe, dass Livia gestorben war? Die Wahrheit ist: Ich wusste nichts davon.

Als Esta zu unserem Blockhaus zurückkam, hat sie mir gesagt, Livia habe nur so getan, als wäre sie gestochen worden, und dass sie sich lediglich vor den Wespen erschreckt hätte. Später hat sie dann behauptet, sie hätte Livia zusammen mit Heb gesehen. Ich habe ihr das geglaubt. Oder vielleicht wollte ich es auch unbedingt glauben.

Ich bin zwar nicht religiös, aber ich habe für die beiden gebetet, für Livia und für Esta.

Ich muss oft an Storm und dich denken.

Deine Freundin,

Iris

•

Chloe und ich reiten Seite an Seite über die Wiesen auf einen kleinen Pfad, der im sonnendurchfluteten Wald verschwindet. Ich sitze auf Storm und Chloe auf einem großen Braunen namens Sam. Ich spüre, dass Storm vor Energie fast überschäumt, als ob er am liebsten davonpreschen würde, aber er reagiert sehr gut auf meine Hilfen. Dad und ich haben ihm gemeinsam beigebracht, dem Gebiss nachzugeben, und jetzt kaut er sanft darauf herum. Ich klopfe ihm den Hals und lobe ihn. „Braver Junge!"

Chloe und ich haben in einer Tour gequatscht, seit wir vom Stall aus losgeritten sind. Ich habe ihr so viel zu erzählen. Die größte Nachricht ist: WIR BLEIBEN! Letzte Woche hat Tully meinem Dad einen Job als Verwalter seines zukünftigen Reitstalls und Gestüts angeboten. Tully hat uns gestanden, dass er ein paar Tage bevor er an diesem Abend im Juni in das Diner kam, bei einer Pferdeauktion Matt Booker, einen alten Freund von Dad, getroffen hatte. Matt hatte ihm erzählt, dass Dad in der Stadt sei und einen Job suche. „Der ist dein Mann, wenn es um Pferde geht", hatte Matt ihm gesagt.

„Also habe ich die Augen nach dir offen gehalten", hat Tully Dad augenzwinkernd erzählt. „Ich hab mir gedacht, irgendwann hast du sicher keine Lust mehr, immer nur Nägel ins Holz zu schlagen."

Wir haben mit Sekt auf Dads neuen Job angestoßen (ich hab nur einen ganz kleinen Schluck bekommen). Dad und Tully sind gerade unterwegs und schauen sich einige Reitpferde an, die eine befreundete Ranch hier in der Gegend verkauft. Ich liebe den Gedanken, dass der alte Stall bald schon wieder voller Pferde sein wird. Und ich bilde mir nur zu gern ein, dass Storm dabei eine entscheidende Rolle gespielt hat.

„Und was hat Van dazu gesagt, als du es ihm erzählt hast?", fragt Chloe. Sie dreht sich zu mir um und schaut mich prüfend an. Etwas Schelmisches blitzt in ihren Augen auf.

Meine Wangen glühen. In der letzten Zeit habe ich mich oft dabei ertappt, dass ich mir Gedanken darüber mache, wie es sich angefühlt hat, als Van meine Hand gehalten hat, nachdem wir Livia gefunden hatten.

Ich drücke Storm sanft die Fersen in die Seiten. Er trabt sofort an und zieht an Sam und Chloe vorbei.

„Hey!", ruft Chloe. Einige Minuten lang jagen wir einfach nur den Pfad entlang. Ich höre das Trommeln von Sams Hufen auf dem Weg hinter mir. Als wir aus dem Wald auf eine offene Weide kommen, galoppieren wir nebeneinander her, der Wind peitscht uns ins Gesicht.

Übermütig lachend parieren wir unsere Pferde in den Schritt durch. „War das cool!", jubelt Chloe.

Es ist ein richtig heißer Tag, also lassen wir die Pferde ganz gemütlich nach Hause trotten. Auf dem Heimweg reden wir über unsere Pläne für den Abend. Ein paar Leute von der Jugendgruppe treffen sich in der Stadt, um dort zu essen und ins Kino zu gehen. Ich gehe mit Van hin und Chloe mit Mike, von dem sie steif und fest behauptet, er wäre „nur ein Freund".

Storm wiehert leise, als er die Ranch unterhalb von uns daliegen sieht. Ich streichle über seinen Hals. Ich weiß genau, wie er sich fühlt. Wir sind zu Hause.

Danksagung

Ich möchte meiner Lektorin Sarah Harvey danken, die immer ganz genau weiß, was ich zu sagen versuche, es aber besser ausdrücken kann. Darüber hinaus danke ich meiner Schwester Janet, die dessen nie überdrüssig ist, mein Manuskript noch ein weiteres Mal zu lesen, sowie meinem Mann Larry, der es überhaupt erst möglich macht, dass ich die Zeit zum Schreiben habe.

Becky Citra ist die Autorin vieler Kinderbücher, darunter *After the Fire*, *Never To Be Told* und *Whiteout*. Becky lebt auf einer Ranch in Bridge Lake, British Columbia, wo sie seit über dreißig Jahren Pferde reitet und ausbildet.

Leseprobe

256 Seiten., €/D 12,99

In Emmas Leben herrscht Chaos. Ihre Freundschaft mit Katrin droht zu zerbrechen und zuhause kriselt es zunehmend. Und dann wollen ihre Eltern auch noch, dass sie mit ihnen in die Mongolei zieht. Widerwillig lässt Emma ihr altes Leben hinter sich und entdeckt sich selbst in dem fremden Land ganz neu. Sie trifft auf den als unnahbar geltenden Hengst Adzerk. Zwischen den beiden entwickelt sich ein besonderes Band der Freundschaft. Emma lernt, dass sie etwas riskieren muss, um wachsen zu können und zu sich selbst zu finden ...

Lies jetzt rein!

Was für ein Glück, dass ich dich habe

In der Wohnung herrscht Krieg. Wenn Mama und Papa allein sind, bombardieren sie sich mit Boshaftigkeiten. Sobald sie mich sehen, lächeln sie und sagen Sachen wie „Du bist ja so klug ..." oder „Unser großes Mädchen". Mir wäre es lieber, sie würden sagen, was sie denken: „Wirst du uns hassen, wenn wir uns scheiden lassen?" Oder: „Versprich uns, dass du es überlebst, wenn wir keine Kraft mehr haben, zusammenzubleiben." Das wäre wenigstens die Wahrheit.

„So kann es ja nicht weitergehen", sagt Mama neuerdings häufig.

Warum eigentlich nicht? Ich wünschte, ich könnte die Zeit um ein halbes Jahr zurückdrehen. Dann müsste ich nicht Mama morgens so ekelhaft fröhlich aus der Wohnung tanzen sehen. Dann brauchte ich die scharfen Worte nicht zu hören, die Papa ihr nachruft.

Sie glauben, ich kapiere nicht, dass Mama einen anderen kennengelernt hat. Denn das muss doch der Grund sein? Warum kann sie nicht einfach den Mund halten und sich heimlich mit dem Kerl treffen, wer auch immer er ist? Papa könnte weiter Überstunden machen und gestresst sein, ohne etwas zu merken. Es tut mir weh, ihn anzuschauen. Er versucht so zu sein wie immer, aber er schafft es nicht. Die Traurigkeit schimmert durch. Wie kann sie nur so verdammt egoistisch sein?

Ajax kaut mit halb geschlossenen Augen sein Heu, aber ich weiß, dass er zuhört.

„Ohne dich könnte ich nicht mehr weiterleben", murmele ich.

„Du weißt, dass ich den Stall jetzt schließen muss, oder?"

„Klar ..."

Ich warte, bis Lotta den Stallgang verlassen hat, dann richte ich mich auf. Ajax hebt nicht einmal den Kopf. Dies ist die schönste Stunde des Tages! Keine lärmenden Reitschulkinder. Kein Sattel, der sich nur mit Mühe auf einen Rücken hieven lässt.

„Du bist mein bester Freund", murmele ich und drücke mein Gesicht in seine Mähne.

„Ist etwas passiert?"

Ich stehe vor dem Stall, mit dem Rücken zu Lotta, und fummele an meinem Fahrradschloss herum.

„Nein, alles super", antworte ich.

„Dann bis morgen."

„Hm ..."

Ich bleibe stehen und schaue den Rücklichtern von Lottas Auto nach. Ich kenne eine Stelle, von der aus man in den abgeschlossenen Stall kommt. Aber man muss erst auf den Boden, und dort kann man kein Licht anmachen. Da oben wimmelt es von Mäusen ...

Wenn ich nur mutiger wäre! Ich könnte in Ajax' Box schlafen. Von zu Hause abhauen. Wie als kleines Kind, wenn ich wütend war. In Wirklichkeit hoffte ich, dass Mama und Papa mich finden und mir sagen würden, dass sie sich furchtbare Sorgen gemacht und mich so schrecklich lieb hatten, dass ich fast platzte vor Glück. Dass sie mich so sehr liebten, dass alles andere egal war.

Eins ist jedenfalls klar, wenn ich jetzt abhauen würde, wüssten sie garantiert, wo sie mich suchen müssten. Bald würden sie vor Ajax' Box stehen und sagen, dass die Pferde mein Leben nicht total beherrschen dürften. Dass ich auch an die Schule denken müsse.

Ich bin so müde, dass ich kaum Kraft habe, mich aufzurichten. Trotzdem zögere ich. Will nicht nach Hause. Schaffe es nicht!

Ach, wenn Katrin und ich noch beste Freundinnen wären. Und Pferdefans, wie wir es immer waren. Wenn alles wie früher wäre, wäre ich jetzt mit dem Rad zu ihr gefahren. Hätte vielleicht bei ihr übernachtet. Ihr alles erzählt.

Aber ich muss sie aus meinen Gedanken aussperren. Wenn ich sie hineinlasse, schlüpft auch Tova mit hinein. Keine Ahnung, woher sie gekommen ist! Ich habe sie nicht als Freundin gewählt und sie hat mich wohl auch kaum ausgesucht. Mich kriegte sie sozusagen als Zugabe, als sie in unsere Klasse kam und sich für Katrin entschied.

Ajax würde nie sagen, es sei das Beste, wenn sie sich scheiden ließen. So wie Katrins Eltern. Ich weiß, was Katrin sagen würde. Irgendeinen typischen Katrin-Kommentar wie: „Das ist echt geil, dann kriegt man gleich zweimal Geschenke." Ich will keine Geschenke. Ich will, dass alles wie früher ist.

Das Beste an Ajax ist, dass er nicht kompliziert denkt. Wenn er auf die Weide darf und ihn jemand zu bestimmten Zeiten füttert, ist er zufrieden. So möchte ich auch werden. Wenn die Mäuse nicht wären, hätte ich tatsächlich in seiner Box geschlafen.

Ein Auto fährt vorbei. Es wird langsamer. Der Kerl hinterm Steuer glotzt mich an. Ich strample los. Plötzlich will ich wirklich leben und nicht etwa vergewaltigt werden oder so was. Das Glotzauge gibt mir so viel Kraft, dass ich den ganzen Weg nach Hause schaffe.

Als ich die Tür öffne, strahlen Mama und Papa mich an. Aber ich sehe, dass sie mir etwas vormachen. Auf dem Tisch steht eine Flasche Wein. Also wieder mal ein Abendessen, bei dem eine Aussprache stattfinden soll. Die beiden gucken mich an wie unterwürfige Hunde. Zwei Cockerspaniel, die mit dem Schwanz wedeln und um meine Füße scharwenzeln. Also bildlich gesprochen.

„Hallo, Schatz!"

„Hallo, Liebling!"

Papa hat eine Portion Lasagne für mich im Backofen warm gehalten. Mama hebt die Nase und findet vermutlich, dass es zu sehr nach Pferd riecht.

„Und?"

„Wie fühlst du dich?"

Papa hat ein neues Hobby: Gefühle! Mamas, meine und vor allem seine eigenen.

„Ganz okay."

Ein Roboter scheint meinen Körper übernommen zu haben. Der zuckt mit den Schultern. Der Pony fällt mir über die Augen -- Mama hasst das -- und die Mundwinkel hängen fast bis zum Kinn.

„Nur ein bisschen müde ..."

„Wie geht's Ajax?"

Der lässt ausrichten, dass ihr euch gefälligst zusammenreißen sollt.

„Gut, nehme ich an."

„Du bist neuerdings so still", sagt Papa.

„Wir geben uns wirklich alle Mühe, Emma", sagt Mama. „Das weißt du doch, oder?"

Wenn ich nur immer genau das Richtige sagen könnte, würde vielleicht alles wieder gut werden. Aber mir fällt nichts ein. Also halte ich den Mund.

„Wir machen uns Sorgen um dich", sagt Papa. „Du wirkst so allein. Was ist mit Katrin? Habt ihr euch verkracht?"

„Nein, es ist nichts."

Der Roboter guckt Papa an und behauptet, dass alles in

Ordnung ist. Emma ist ganz die Alte. Niemand braucht sich ihretwegen Sorgen zu machen.

„Du bist ja nur noch im Stall“, sagt Mama mit ihrer Wie-geht-es-dir-eigentlich-wirklich-mein-Schatz-Stimme.

Ist es denn so schwer zu kapieren, dass ich im Augenblick für nichts anderes Kraft habe? Den Stallgang fegen, Ajax striegeln, Reitanfänger herumführen, reiten und einfach nur sein. Ich ertrage eure Jetzt-wollen-wir-uns-mal-richtig-aussprechen-Abendessen einfach nicht mehr.

„Katrin hat angerufen“, sagt Mama. „Am Freitag ist irgendwas in der Disco.“

„Ich weiß“, knurre ich. Dann sage ich doch das, was sie hören wollen. „Ich werde wohl hingehen.“

Ich sehe den schnellen Blickwechsel zwischen den beiden. Erleichterung. Klein Emma ist ja doch normal.

„Wir können uns vorher in der Stadt treffen, wenn du willst“, lockt Mama. „Vielleicht finden wir ein neues T-Shirt für dich.“

„Ich glaube, dafür habe ich keine Zeit“, sage ich.

„Ajax ...“, wirft Papa ein.

„Freitags reite ich nun mal“, sage ich mit meiner Lass-mich-doch-in-Ruhe-Stimme, die er so hasst.

Papa schenkt Mama Wein ein, während ich mich durch den Berg Lasagne auf meinem Teller esse. Es muss schnell gehen. Ich muss raus aus der Küche, bevor es losgeht. In mein Zimmer. Tür zu. Auf dem Bett ausstrecken. Hoffen, dass es aufhört, überall wehzutun. Vom Springturnier am nächsten Sonntag träumen. An Ajax denken.